まぼろしの怪人

横溝正史

角川文庫
23461

目次

第１章　社長邸の怪事件

名犬ジュピター

クリスマスを二日あとにひかえた、十二月二十三日のことである。東京ではその冬はじめて雪が降った。

朝の七時ごろから、白いものがちらつきはじめたかと思うと、八時ごろにはほんものの雪になった。東京では年内に雪がふることはめずらしいので、子供たちは大よろこびだったが、十二時ごろまでには六、七センチ近くつもった。と、おもうとまもなく雪がやみ、空が晴れはじめたかとおもうと、一時ごろには日本晴れの上天気になった。

「まあ、きれい」

と、日本橋《にほんばし》のたもとで自動車をとめてなかから雪のなかへおりたった由紀子《ゆきこ》は、あたりを見まわしながら、おもわず感嘆の声をはなった。

「ちょっと、御子柴《みこしば》さん、ごらんなさいよ」

と、あとから大きなシェパードをつれて、おりてくる少年をふりかえって、

「あたりいちめん銀世界ってこのことよ、ほら、川っぷちのおうちの屋根も、舟の上も、どこもかしこも雪をかぶって……まるで綿でできた帽子をかぶってるみたい」

「アッハッハ由紀子さんは詩人ですねえ」

「あら、にくらしい、あんなことといって……それじゃ、御子柴さんはこの景色《けしき》を、きれいだと思わない？」

「そりゃあ、いまはきれいだと思いますよ。しかし、もう一時間もたってごらんなさい。雪がとけて、こねくりかえされてどの道もどろんこのくしゃくしゃ」

「ウッフッフ、そういってしまえばそんなものだけど……」

「そんなもんどころじゃありませんよ。こら、ジュピター、そんなに雪をけちらすんじゃない！　お嬢さんにどろがはねっかえるじゃないか」

「あれえ！　ジュピター、かんにんして……」

「ほら、ほら、由紀子さん、これでも雪がきれいだなんて感心しておられますか」

「まあ、にくらしい。御子柴さんがジュピターをけしかけたのね」

「アッハッハ、ジュピター、もういいよ。お嬢さんが雪のなかを歩いてみたいなんて、ものずきをおこすからだね。なんだ、ジュピター、おまえもよろこんでるのかい？　アッハッハ」

雪の日本橋を笑いさんざめきながらいくこの少年少女を、どこのだれだかというと、少女の名は池上由紀子といって、東京でも、一、二をあらそう大新聞、新日報社の社長、池上三作《さんさく》氏のたったひとりのお嬢さんである。そして、少年のほうは名前は御子柴進《すすむ》というのだけれど、ふつう探偵小僧《たんていこぞう》でとおっている、新日報社の給仕である。

給仕というとたよりないようだが、この御子柴少年、おそろしく頭がいい。それに勇気があり、機略にも長じており、ことしの春、中学校を卒業して、新日報社へはいったのだけれど、いままでにかずかずのてがらをあらわして、いつのまにやらひと呼んで探偵小僧。池上社長のだいのお気にいりで、ちかごろでは音羽《おとわ》にある池上社長のうちにおいてもらっている。お嬢さんの由紀子とも、だいの仲好しである。

きょうは由紀子のお供で、日本橋までクリスマスの贈り物を買いにきたのだが、いっしょにつれてきたジュピターというのは、池上三作氏の愛犬である。このジュピターというのが、また、たいそうりこうな犬だが、では、どのようにりこうな犬だか、それはこれからおいおいしょくんが読まれるところから、あきらかになっていくだろう。

「しかし、由紀子さん」

「なあに、御子柴さん」

「さっきはあんなことといってごめんなさい」

「あんなことって?」

「いや、雪のことを悪くいってさ。やっぱりクリスマスには雪がつきもの。ことしのクリスマスには雪がどっさり降ればいいですねえ」

「あら、ほんと。ことしのクリスマスはいつもの年のクリスマスとはちがうんですものね」

と、由紀子もおもわずしんみりいったが、それにはこういうわけがある。

由紀子にはいとこにあたるひとりのおねえさまがある。名前は可奈子《かなこ》といって、由紀子のおとうさん、池上三作氏のメイになる。学校の関係でながらく由紀子の家にいっしょにいたが、ことしの春、女子大を卒業して、来年そうそうお嫁にいくことになってい

る。だから可奈子おねえさまといっしょに、楽しいクリスマスをすごすのは、ことしで最後ということになる。

「それはそうと、由紀子さん、クリスマスといえば、あのことはどうなってるんです？」

「あのことって？」

「ほら、まぼろしの脅迫状《きょうはくじょう》……」

「あら、御子柴さんはあんなこと、ほんとだと思ってるの？」

「それじゃ、由紀子さんはほんとだと思わないんですか」

「いいえ、由紀子はまだ子供よ。中学一年生ですものね。でも、パパ、あんな手紙、問題じゃないといってらっしゃるわ」

「そうかなあ、社長さんはなんでもそんなにかんたんにかたづけちまうんだけど、ぼく、なんだか心配だなあ」

「じゃ御子柴さんは、まぼろしの怪人のいうとおり、クリスマスの晩に、なにか起こると思ってらっしゃるの？」

「うん、ぼくはなんだかそんな気がしてならないんですよ」

と、探偵小僧の御子柴進は、ほんとに心配そうに首をかしげた。

怪人の予告

まぼろしの怪人――

いま、由紀子と進のあいだで問題になっている、まぼろしの怪人とはいったいどういう人物なのか。そして、また、このふたりとどういう関係があるのだろう。

ああ、まぼろしの怪人――

その名はおよそしるひとがきけば、かならずふるえあがって恐れおののく。いままで何年間も、全国に警察あって、警察なきもののように、日本じゅうをあらしまわって、たくみにひとの財産をうばっていくふしぎの怪賊。それがまぼろしの怪人である。

あるときはまっ昼間、どうどうとお金持ちのお屋敷へおしいるかとおもえば、あるときは会議なかばの総理大臣の官邸へのりこんで、あたりにいる多くの大臣や役人たちをけむにまき、またあるときは外国からきただいじな客の歓迎会の席へ、とつぜん、すがたをあらわしたかとおもうと、高価な宝石類をうばっていく怪人物。それがまぼろしの怪人なのである。

きょうは東京にいるかとおもえば、あすははや、大阪で仕事をしている。それればかりか大阪じゅうの警官が、総動員されたころには、はやくも東京へまいもどって、ゆうゆうと芝居見物をしているという大胆さ。

神出鬼没《しんしゅつきぼつ》ということがあるが、このまぼろしの怪人の行動こそ、その言葉のとおり神出鬼没であった。まるで、天馬が空を走るような、その奇怪な行動からして、いつのまにか世間のひとは、この怪賊のことをまぼろしの怪人とよびならわしていた。

まぼろしとはよくいったものである。

いままでさんざん悪事をはたらきながら、だれひとりとして、その男の正体をつきとめたものはない。また、だれひとりとして、そのかくれがをかぎあてたものもない。いつも、だしぬけにすがたをあらわしたかと思うと、ゆうゆうとして仕事をし、そして仕事をおわるとまぼろしのようにどこかへ消えてしまうのである。

まぼろしの怪人とはよくいったものではないか。

ところが、そのまぼろしの怪人から、ちかごろ、とつぜん、警視庁の等々力《とどろき》警部へあてて、つぎのような大胆不敵な手紙がとどいたのである。

来年の春、お嫁にいかれる新日報社の社長池上三作氏のメイごさん、可奈子嬢のために、あちこちからおくられたお祝いの品の目録が、このあいだ新日報に掲載されたが、それを読んでわたしはひどく心を動かされた。なかでも可奈子嬢が大おばぎみ、もとの白石侯爵《こうしゃく》夫人より祝われた宝石に関する記事は、とくにわたしの注意をひいた。こういうりっぱな宝石のたぐいをまだ年若い可奈子嬢の持ち物としておくのは、まことにもったいない話である。また、可奈子嬢としても、こういうりっぱな宝石をもっていて、いつひとにとられはしないかと、たえずビクビクしているのは気のどくなことである。だから、可奈子嬢からこの苦労をとりのぞいてあげるために、じぶんは来る二十五日の夜、クリスマスのお祝いの席へ参上して、可奈子嬢の宝石類をいっさいちょうだいするつもりである。このことをあらかじめ、警部さんに予告しておきます。

まぼろしの怪人

まことにひとをばかにした予告ではないか。

しかし、まぼろしの怪人のことをしりすぎるほどよくしっている等々力警部は、それを読むと、あっとばかりに、肝《きも》をつぶした。

まぼろしの怪人がこれからやろうとする仕事の、予告をしたことはこんどがはじめてではない。しかも、かれはいままでいちどだって、その約束をたがえたことはなかったし、また、いちどだって失敗したことはないのだ。何月何日、何時ごろ、どこそこへ参上すると予告すれば、かならずその約束をはたした。警官がどんなに厳重にその家を取りかこんでいても、まぼろしの怪人にとってはもののかずではなかったのだ。

いつでもゆうゆうと囲みを破ってしのびこみ、ゆうゆうと目的のものを手にいれて立ち去っていく。そして、警官たちがそれに気がついて、あれよあれよと立ちさわいでいるころには、風のようにどこかに逃げてしまっているのである。まことにまぼろしの怪人という名にふさわしい怪賊ではないか。

等々力警部はこの手紙をうけとると、ただちに新日報社の三津木俊助《みつぎしゅんすけ》にしらせた。三津木俊助というのは、新日報きっての腕ききで、探偵小僧の御子柴進が、このうえもなく尊敬している記者である。つまり進にとってはそのみちの先生なのだ。

三津木俊助もおどろいて、さっそくこのことを社長の池上三作氏に報告した。

しかし、根がごうたんな池上社長だ。

「なんだ、まぼろしの怪人、まぼろしの怪人とぎょうさんそうにいうが、やっぱりふつうの人間だろう。まさか、足のないゆうれいでもあるまい。相手が人間なら、こちらも人間だ。そんなにさわぎたてるほどのことがあるもんか。ようし、やってくるもんならきてみろ。きっとひっとらえて警察へつきだしてやる」

と、かえって、まぼろしの怪人のやってくることをよろこんでいるのである。

探偵小僧の御子柴進は、それを心配しているのである。

「社長さんがああおっしゃるのもあたりまえですが、しかし、相手が相手だから、よくよく気をつけなければ……」

「それは、おとうさんだって用心はしてるでしょう。それに三津木さんだっていらっしゃることだし、……いえいえ、だいいち、探偵小僧の御子柴さんがついていてくださるんですものね。ウッフッフ」

「いやだなあ、由紀子さん、そんなことといってからかうと、ぼく、ジュピターをつれて帰っちまいますよ」

と、探偵小僧の御子柴進が、わざとすねたようなふうをみせ、ジュピターのくさりをひっぱったとき、とつぜん、ジュピターが四つ足をふんばって、むこうを見ながら猛烈に吠《ほ》えだした。

「あら、どうしたのかしら」

ジュピターの変なようすに、由紀子も進も、いっせいにそのほうへ目をやったが、

「あら、御子柴さん、変なものが走ってくるわ。あれ、なんでしょう」

ジュピターはいよいよ猛烈に吠えだした。

奇怪なロケ

由紀子がおどろいたのもむりはない。ふたりがいま立っているところは、白木屋《しろきや》のまえの交差点のところなのだが京橋《きょうばし》のほうから、なにやらまっ赤《か》なものが、こちらのほうへ走ってくる。あたりいちめん雪景色だから、赤い色がいっそうはっきり見えるのである。

「由紀子さん、こっちへいらっしゃい。けがをしちゃいけないから」

と、進がジュピターをひっぱって、白木屋のウィンドーのまえへひっこむと、由紀子もそばへよりそってきた。

むこうを見ると赤いものは雪をけたてて走ってくる。だんだん、そばへ近づいてくるにつれて、どうやら赤いものの正体もはっきりしてきた。

「なあんだ、由紀子さん。あれ、サンタクロースのおじさんじゃないか」

「あら、そうね。でも、あとからあんなにたくさん、追っかけてくるのはどうしたのでしょう」

と、由紀子はあいかわらずまゆをひそめている。それもふしぎではない。まっ先にこちらへ走ってくるのは、赤いとんがり帽に赤い服、大きな袋をせおったサンタクロースである。

きっと、どこかのお店のクリスマスの売り出しに、サンドイッチマンがわりにやとわれて、サンタクロースの役をやっているのだろう。それがなぜこちらのほうへ走ってくるのか。それに、あとからあのように、おおぜい追っかけてくるのはどういうわけか。

だんだん、こちらへ近づいてくるにつれて、あとから追っかけてくるひとびとの叫び声がきこえてくる。

「おーい、そいつをつかまえてくれえ……そのサンタクロースをつかまえろ!」

「あら、御子柴さん、サンタクロースをつかまえてくれといってるわ。あのひとなにか悪いことでもしたのかしら」

「悪いことをしたのなら、あのおまわりさんがつかまえますよ。シッ、シッ、ジュピター、おまえの出る幕じゃないんだ。おまえは出なくてもいいんだよ。おまわりさんにまかせとけばいいんだ」

進が、いくらなだめてもジュピターはきかない。くさりもひきちぎらんばかりに足をふんばって、サンタクロースにむかって吠えている。

サンタクロースはだんだんこちらへ近づいてくる。しかも、そのうしろからはおおぜいのやじうまが追っかけてきて、

「おーい。そいつをつかまえろ。そのサンタクロースをつかまえてくれ！」

と、口ぐちにわめきちらしている。

と、このとき、交差点にいた交通巡査がバラバラとサンタクロースのまえへ走りよった。と、同時に二、三人のやじうまが、サンタクロースにとびついた。

と、このとき、サンタクロースが急に妙なことをいいだした。

「ああ、しょくん、じゃまをしないで」

と、やじうまをつきはなすと、

「おーい、自動車、ようし、そこでよろしい。カメラの用意いいな。それから、いまの追っかけのシーン、うまくとれたろうな」

その声にやじうまたちがギョッとしてふりかえると、なるほど交差点のところから五、六メートルはなれたところに、自動車が一台とまっていて、自動車の窓からカメラのレ

ンズのようなものがのぞいている。

「ようし、それじゃ山崎くん。往来だからけいこはなしだ。いきなりぶっつけ本番だぜ、用意はいいな」

「オーケー」

そう叫んだかとおもうと、いきなり交通巡査はサンタクロースにとびついた。そして、雪のなかをサンタクロース相手に、組んずほぐれつの大格闘だ。

「なあんだ映画の撮影か」

「ロケーションだったんだね」

「それじゃ、あのおまわりさんも映画俳優か」

「こいつはおもしろい、見ていこうよ」

と、いままでおもしろはんぶん、サンタクロースを追跡してきたやじうまは、こんどはロケーション見物にはやがわりした。

と、このとき、またもやひとりの男がやじうまをかきわけて、大格闘のなかへわりこんだ。しかも、その男のすがたというのがこっけいである。メリヤスのシャツにズボン下一枚という、雪のなかとしては、すこぶる珍妙なかっこうなのだ。

この男がなにやらわけのわからぬことを叫びながら、サンタクロースと警官にとびついたからたまらない。赤い色のサンタクロースと、黒い服の交通巡査と、とび色のメリヤスのシャツと三人が三つどもえになって雪のなかに組んずほぐれつ、大さわぎだ。

見物人は腹をかかえて笑いながら、

「こりゃおもしろい。これはきっと喜劇だね」

とおもしろそうに見ていたが、そのうちにやっと格闘がおわって、メリヤスのシャツはとうとう雪のうえでのびてしまった。

と、そのとたん、むこうに待っていた自動車がスルスルそばへよってくると、

「やあ、みなさん、すみません。交通のじゃまをしてすみませんでした」

と、交通巡査は帽子をとってあいさつをすると、ヒラリと、自動車にとびのった。それにつづいてサンタクロースがのろうとしたときである。さっきからくさりをひきちぎらんばかりに足をふんばっていたジュピターが、進の手からはなれると、矢のようにサンタクロースにとびついていった。

「あっ、いけない。ジュピター。ジュピター」

探偵小僧の御子柴進はあわをくってあとを追っかけると、くさりの端をひろいあげたが、そのときすでにジュピターは、サンタクロースのおしりにくらいついていた。

「あっ、こら、はなせー、はなさないか小僧、ど、どうするんだ！」

自動車はもう走りだしている。サンタクロースはそれにしがみついている。そのサンタクロースのおしりには、ジュピターがぶらさがっている。そのジュピターのくさりの端を、御子柴進がしっかりにぎりしめて足をふんばっているのである。

一瞬、二瞬！

とうとうサンタクロースのおしりの服がビリビリと引きさけて、ジュピターの口に残った。と、同時に自動車はフルスピードで走りだし、サンタクロースも交通巡査もどこへともなく立ち去った。

「なんだ、そのワン公は映画俳優じゃなかったのか」

「それに、そこに倒れているメリヤスのシャツはどうしたんだ。おーい、役者ひとりおいてけぼりにしてどうするんだ」

雪の上にぐったりのびて気をうしなっている、メリヤスのシャツの男をとりまいて、やじうまが口ぐちにさわいでいるとき、また、京橋のほうから警官がかけつけてきた。

「きみたち、サンタクロースのなりをしたやつをしらんか。こっちのほうへ逃げてきたはずだが……」

と、いいながら、メリヤスのシャツの男のすがたを見ると、

「あっ、山本くん、ど、どうしたんだ。このすがたはいったいどうしたんだ」

と、そばへかけよって抱きおこした。メリヤスのシャツもやっと気がつき、

「あっ、木村くんやられた！　変なやつにぶんなぐられて、気をうしなっているうちに、警官の制服をはぎとられた……」

アッ！

と、叫んで進は、おもわず由紀子と顔を見合わせた。

「ウム、ウム、それでどうしたんだ」

「それで、ここまでくるとにせ警官が、サンタクロースと格闘していた。でぼくがそいつをつかまえようとしたら、あべこべにサンタクロースとふたりで、さんざんぶんなぐられて……」

「御子柴さん！」

と、それをきくと由紀子も声をひそめて、

「それじゃ、さっきのは映画の撮影じゃなかったのね」

「どうもそうらしいですね。それじゃ、あのサンタクロースは何者でしょう」

メリヤスのシャツもあとからきた木村巡査にそれをたずねた。それにたいする木村巡査の答えをきいたとき、探偵小僧も由紀子も、おもわずまっさおになってしまった。

「あれか、あのサンタクロースこそ有名な大どろぼう、まぼろしの怪人なんだ。いま天《てん》銀堂《ぎんどう》宝石店で、宝石をしこたまぬすんで逃げだしたところなんだ。きみ、あいつをつかまえてたら、大てがらだったのになあ」

ああ、こうしてまぼろしの怪人は、にせ警官の部下とともに、映画の撮影にことよせて、まんまとおおぜいのひとのまえから逃げ去ったのである。

それを見抜いたのは、ただ一頭のジュピターだけ。

十二月二十五日

日本橋の交差点で、あの大活劇があってから二日のち、すなわち、きょうは十二月二十五日、クリスマスである。

新日報社の社長池上三作氏は、ながくあずかっていたメイの可奈子が、いよいよ来年お嫁にいくというので大よろこびである。そしてことしが可奈子の、このうちのひととしてお祝いするさいごのクリスマスというので、おおぜいの客を招待して、はなばなしく盛大に、クリスマスのお祝いをするはずだったが、それがとつぜん中止になった。

それというのが警視庁の等々力警部から、まぼろしの怪人にねらわれている現在、あまりたくさん客をよぶことは、ひかえてほしいという注意があったからである。客があんまりおおぜい出入りをすると、まぼろしの怪人がまぎれこみやすくなるからだ。

さすがごうたんな池上社長も、警視庁からの注意とあっては、頭からしりぞけるわけにもいかない。それに、おとといの日本橋でのできごとをしると、池上社長も多少気味悪くなってきたのだ。

まぼろしの怪人は、天銀堂宝石店にやとわれた、サンタクロースの客引きに化けていたのだ。そして、まんまと多くの宝石類をごまかしたのだ。が、まぼろしの怪人としてはめずらしくちょっとした失敗をやらかした。それを店員のひとりに見つかって、日本橋の大通りを、たくさんのひとびとに追跡されるはめになったのだ。

しかし、そこは怪盗まぼろしの怪人である。万一のばあいを考えて、そこにはちゃんと逃げ道が用意してあったのだ。かれは部下のひとりを交通巡査に変装させて、日本橋の交差点で待機させていたのである。それのみならず、映画のロケーションにことよせて、まんまとおおぜいの目をごまかして、もののみごとに逃走したのだ。

そのあざやかなやりくちをききおよんで、さすがごうたんな池上社長も、これはゆだんができないと、さてこそ警部の忠告に、したがう気になったのである。

さて、その日の昼すぎのこと。

「お嬢さんは今夜の会が急に小人数になったので、さびしくはありませんか」

と、たずねるのは、探偵小僧の御子柴進である。進は、今夜の会のしたくのために、新聞社のおつとめは、午前ちゅうだけできりあげてきたのである。

「あら、わたしこのほうがいいと思っているのよ。パパと可奈子おねえさま、譲治《じょうじ》おにいさまと三津木さん、それから御子柴さんとこのわたしと、ごくうちわのものばかりで、このほうがよっぽどしっくりしていいわ」

譲治おにいさまというのは、可奈子が結婚することになっている東大出の秀才なのだ。

「そのほか等々力警部もくることになってますよ」

「ああ、そうそう。でも、御子柴さん、あなたほんとうに今夜、まぼろしの怪人がくると思ってらっしゃるの」

「ぼくは、きっとくると思いますね」

「あら、どうして？　だって、警部さんのお話では、このうちのまわりを十何人というおまわりさんで、警戒させるといってたわ。いくらまぼろしの怪人だってそれじゃ……」

「いや、それでもぼくはやっぱりくると思います。いや、もうきているかもしれないんです」

「あら、まあ」

と、由紀子はギョッとしたように肩をすくめて、

「いったい、それはどういうことなの」

と、恐ろしそうに声をひそめる。

「それはこうです、お嬢さん、ぼくはまぼろしの怪人の秘密を発見したんです」

と、進は、さすがにいささか得意になって、鼻をうごめかしているのである。

「まあ、すてき。そして、まぼろしの怪人の秘密ってどんなことなの？」

と、由紀子は進のほうへすりよってくる。

その由紀子の足下には、愛犬のジュピターがぬくぬくとうずくまっている。おりおり耳を動かすのは、ふたりの会話をきいているようである。

「それはこうです。おととい日本橋であああいうことがあったでしょう。だから、ぼく、これはいよいよ用心しなきゃいけないと思って、まぼろしの怪人の過去の記録を調べてみたんです。そしたら……」

「そしたら……？　どうしたんですの？」

「そしたら、こういうことがわかったんです。まぼろしの怪人もいつもいつも犯罪を予告するんじゃないんです。いや、いままでに予告した事件は三度しかないんです。そのほかのばあいは全部、予告なしにやってるんです」

「ええ、ええ、それで……？」

「ところが、予告なしにやった事件では、かえって失敗してるばあいもあるんです。ぜんぶがぜんぶ成功したわけじゃなく、つかまりこそしなかったが、目的をはたさずに逃げるばあいもあるんです。ところが……」

「ところが……？」

「ところが、予告した三度の事件にかぎって、ぜんぶまんまと成功してるんです。と、いうことは、ぎゃくにいえば、成功の目算がある事件にかぎって、予告を発したということになりますね。そこになにか秘密がありはしないかと思ったんです」

「そして、その秘密がわかったんですの」

「はい、わかりました」

　と、進は、いよいよ得意そうである。

探偵小僧の発見

「御子柴さん、それ、どういうことなの？　由紀子に教えて」

　と、由紀子はいよいよそばへすりよってくる。名犬ジュピターもきき耳を立てている。

「それはこうです。いままで予告した三軒の家と、それにこの家をあわせて四軒。この四軒だけはなぜまぼろしの怪人が、成功の自信をもっているのか。なにかそこに共通したなにものかがあるのじゃないか。……と、そう考えたとき、ふと思い出したことがあるんです」

「どういうこと……？」

「いや、これは由紀子さんもおぼえていられるかもしれませんが、この家は昭和二十七年に、大和製鉄会社の社長、安藤さんのお世話で、うちの社長が買われたのでしたね」

「ええ、そう、安藤のおじさまのお世話よ。御子柴さんはそれをどうして、ご存じなの？」

「いや、それはぼくがこちらへおいていただくようになってからまもなく、安藤さんがあそびにこられて、そんな話をしていられたからです」

「ええ、それで……？」

「ところが、そのとき安藤さんがおっしゃったのに、この家をたてた建築技師は、じぶんの家をたてた技師とおんなじで、その技師が建てた家には、みな表玄関のわきにキクのマークがはいっているというんです」

「まあ！　それで……？」

「ところが、お嬢さんはまだ子供だったから、おぼえていらっしゃるかどうか、その安藤さんが四年まえに、まぼろしの怪人にやられているんです。しかも、犯罪を予告された三軒のうちの一軒なんです」

「まあ！」

と、由紀子はおもわず胸を抱きしめた。まだ中学一年生の由紀子だけれど、だんだん進の話の意味がわかってきたのだ。

「それで、ひょっとするとぼくは、ほかの二軒もそうじゃないかと思ったんです。さいわい、安藤さんの話によると、その技師の建てた家には、表玄関のかたわきにキクのマークがはいっているという。そこでぼく、一昨年やられた葛城《かつらぎ》元伯爵と、去年やられた映画女優の磯野《いその》千鳥《ちどり》のうちをそっと調べてみたんです。そしたら……」

「そしたら、キクのマークがあったんですの？」

「はい、ありました。このおうちの玄関にあるのと、そっくりおなじキクの花のマークが……」

由紀子はいよいよおどろき、いまは声さえ出ないのである。そして、まじろぎもしないで、一心に進を見つめていたが、やがて息もきれぎれに、「しかし、……しかし……

御子柴さん、それ、いったいどういう意味ですの。おなじ技師が建てた家だからって、それがまぼろしの怪人と、いったいどういう関係があるんですの」

「由紀子さん、まだおわかりになりませんか。この四軒のうちには、きっとどこかに、秘密の抜け穴があるにちがいないんです。四軒のうちをたてた技師が、建築ぬしにもないしょで、ソッと、秘密の抜け穴をつくっておいたにちがいないんです」

「まあ、御子柴さん」

と、由紀子はさも恐ろしそうにあたりを見まわし、

「それじゃ、このおうちにもわたしたちの気のつかない、秘密の出入り口があるというの？」

「そうです。ですからぼく、さっきもいったでしょう。まぼろしの怪人はもうきているかもしれないと。……つまり、まぼろしの怪人は秘密の抜け穴を通って、いつでもここへやってこれるんです。しかも、ゆうべも小手しらべに、やってきたんじゃないかと思うんです」

「まあ、こわい！」

由紀子がだしぬけに、進にしがみついたので、ぬくぬくと床のうえにうずくまっていたジュピターが、びっくりしたように起きなおった。しかし、すぐまたゴロリと横になり、前足をそろえて、その上にながいあごをのっけている。

「御子柴さんはその抜け穴をしってらっしゃるの？　そして、まぼろしの怪人を見たん

ですの？」

「まさか」

と、探偵小僧は苦笑して、

「むろん、ぼくは、ゆうべそれとなく、秘密の抜け穴をさがしてみました。しかし、そんなかんたんなものじゃないでしょう。そこでぼくは名案を思いついて、ゆうべまぼろしの怪人に、ちょっと挑戦《ちょうせん》してみたんです」

「挑戦とおっしゃると……？」

「ぼくがまぼろしの怪人の秘密に気がついたこと、すなわち四軒の家の秘密に気がついたこと、したがってこの家へやってくるのは、とても危険だぞということを手紙に書いて、いちばん目につきやすい応接室のドアの上に、ピンでとめておいたのです。ゆうべの十二時ごろ、みんなが寝てしまってからのことです。そしたら……」

「そしたら……？」

「けさ五時ごろ起きていってみたら、その手紙がないんです。だれかがもってってしまったのです」

「まあ、でも、それうちのお手伝いさんか書生がとったのでは……？」

「いいえ、ぼく書生さんや、お手伝いさん、それからばあやさんにもきいてみたんですが、だれもしらないというんです」

「まあ、御子柴さん、それじゃやっぱりまぼろしの怪人が……」

と、由紀子がおもわず悲鳴をあげたとき、書生の木村がはいってきた。

「ああ、探偵小僧、ここにいたのか。だれかが郵便うけに、きみあての手紙をほうりこんでいったぜ。これ、切手がはってないから郵便できたんじゃないね」

「ええ、ぼくあての手紙……？」

探偵小僧の御子柴進は、あわてて手紙を開封したが、読みだしていくにしたがって、みるみるうちにその顔色がかわってきた。

それもそのはず、そこにはつぎのようなことが書いてある。

探偵小僧よ。

わがはいは、きみのように頭のよい好敵手をえたことを、このうえもなくうれしく思う。いままでだれも気がつかなかった秘密を、きみのような少年が見破ったとは、ほとほと感服のいたりである。しかし、残念ながらわがはいはきみの忠告にしたがうことはできない。

わがはいは約束どおりクリスマスの晩、そちらへ参上するであろう。かえすがえすも、きみの親切にそむくことを、残念に思っているが、悪《あ》しからず。

まぼろしの怪人より

クリスマスの夜

池上社長邸におけるその夜のクリスマス・パーティーは、お祝いどころか、まるでお通夜《つや》みたいにいんきであった。

集まったひとたちは、池上社長に由紀子、メイの可奈子にいいなずけの堀尾譲治、それに探偵小僧の五人だけである。みんながいちばんたのしみにしていた三津木俊助は、ほかに大事件が突発して、そちらへ出向いていかなければならなくなったので、いっそうパーティーはさびしくなった。

クリスマス・デコレーションが、いかにきらびやかにかざられても、まぼろしの怪人がいつくるかもしれぬとあっては、だれもうきうきしておれないのもむりはない。テーブルを囲んで語りあうひとびとの声も、おのずとしのびやかになる。

しかし、いんきなのはいまの五人がテーブルを囲んでいるサロンだけで、ほかのへやはガタガタピシピシたいへんである。それというのが進の報告で、警視庁からかけつけてきた等々力警部が、部下をうながし、秘密の通路をさがしているからである。

等々力警部がこのうちへやってきたのは、夕方の五時ごろのことである。進から話をきくと、警部はすぐに電話をかけて、警視庁から五人の刑事をよびよせた。

五人の刑事が到着すると、警部は池上社長のまえに一列に整列させた。そして、ひとりひとり鼻をつまんだりほっぺたをなでたり、ひげをはやした刑事はひげをひっぱったりした。それというのがまぼろしの怪人は変装の名人なのである。だから、刑事に化けてまぎれこんでいはしないかと、用心に用心をかさねるのだ。

こうして刑事を調べたのち、さいごには池上社長にむかって、じぶんを調べてくれるようにたのんだ。等々力警部はあからがおの大男で、あざらしのようなひげをはやしている。池上社長はそのひげをひっぱってみたが、べつにつけひげではなかった。

こうして身もと調査がおわるとともに、等々力警部の命令一下、刑事たちは手わけをして、抜け穴さがしにとりかかったのである。名犬ジュピターが、ふしぎそうに刑事たちのあとをかぎまわっている。

「どうもおもしろくないね」

と、池上社長がなまあくびをかみころしたのは、もうだいぶ夜もふけたころのことである。へやのすみに立ててある、大きなグランド・ファーザー・クロックの針が九時三十分をしめしていた。

グランド・ファーザー・クロックというのは、日本語に訳すと祖父の時計という意味で、人間の背のたかさよりも大きな時計で、文字盤《もじばん》の下にぶらさがっている金色の大きな振り子が、ガラス戸の奥でゆったりと左右にゆれている。

「おじさん、あの宝石類はやっぱり金庫へしまいこまれたらいかがですか」

と、そう注意したのは可奈子のいいなずけ、堀尾譲治青年である。

堀尾が心配するのもむりはない。サロンのかたすみにはガラスのケースがすえてあり、そのなかには可奈子があちこちから、お祝いにちょうだいした宝石類が、これみよがしに陳列してあるのだ。

「なあに、かまわん、かまわん。どうせ家のなかに秘密の通路がある以上、どこへおいてもおなじことだ。こうしてみんなの眼前に陳列しておくほうが安全というものだ。まぼろしの怪人きたらばきたれというところだ。アッハッハ」

池上社長は笑ったが、急にいすから立ちあがると、

「なんだかにわかに眠くなってきた。おれはちょっと二階へあがってひとねむりしてくる。由紀子や、もうそろそろ十時になる。おまえもへやへ帰ってお休みなさい」

「はい」

と、由紀子もすなおに立ちあがる。由紀子にはおかあさんがなく、ばあやがいっさいのめんどうをみているのである。

「さあ、さあ、お嬢さん、おやすみなさい。ばあやがいっしょにまいりましょう」

「はい。それではおねえさま、おにいさま、おやすみなさい。御子柴さんも……。さあ、ジュピターもいらっしゃい」

と、池上社長と由紀子が、ばあやとジュピターをつれて二階へあがると、あとは堀尾青年と可奈子、それに探偵小僧の三人きり。急にひっそりしたサロンのなかに、グランド・ファーザー・クロックの、時刻をきざむ音だけが、妙にいんきにひびきわたる。

「御子柴さん、あなたやっぱりまぼろしの怪人が、今夜秘密の通路を通って、ここへやってくると思っていらっしゃるの？」

と、そうほほえみかけたのは、うつくしい可奈子である。

「ええ、ぼくはやっぱりやってくると思います。だから用心したほうがいいのです」

「やってくるなら、はやくきてくれるといいなあ、ぼくは腕がなってるんだから」

こぶしをにぎって力こぶをたたいているのは、柔道五段の堀尾青年。堀尾青年は可奈子の目のまえで、勇ましいところを見せようとはりきっているのである。

「あら、あんなことといって、譲治さん、いよいよまぼろしの怪人があらわれたら、腰をぬかすんじゃございません」

「アッハッハ、ばかなことをいっちゃいけませんよ。アッ、おじさん、どうしたんです」

みるといま二階へあがっていったばっかりの池上社長が、なにか心配そうな顔をしてサロンのなかへはいってきた。

「いや、いま思い出したことがあるもんだから……、等々力警部はいないかね」

「ああ、ぼくならここにおりますが」

となりのへやから顔を出したのは等々力警部だ。

「ああ、警部さん、あんたにいうのを忘れていたが、このうちには表と裏の入り口のほかに、もうひとつ出入り口があるんだ」

「え、そ、それはどこですか」

「いや、この家の地下室に暖房用のボイラーをすえつけたへやがあるんだ。そこからスチームを各へやへ送っているんだが、その地下室に通風孔があって、それが奥庭にひらいているんだ。そこから内部へしのびこもうと思えばしのびこめないことはない」

「アッ、それはたいへんだ。社長、ひとつ案内してください。だいじょうぶかどうかようすを見てきましょう」

「ああ、おやすいご用だ。そのためにおりてきたのだから」

「おじさん、ぼくもいきましょうか」

　と、譲治青年が立ちあがるのを、

「いや、いい、きみがここをはなれたらたいへんだ。そのケースをよく見張ってもらわなければね。しかし、警部さん」

　と、池上社長はふりかえって、

「あらかじめ注意しときますがね。足もとに気をつけてくださいよ。ガラクタ道具がいっぱいつまっておりますからな」

　ふたりは地下室へおりていったが、それからまもなく、ガラガラとけたたましい物音がきこえてきた。

「あっ、あれはどうしたんだ！」

　と、譲治青年が立ちあがるのを、

「きっと、おじさまか警部さんが、ガラクタ道具につまずいたのよ」

と、そういうものの可奈子も、まっさおになって顔をこわばらせている。物音をきいて刑事もふたり、へやのなかへとびこんできたが、そこへフウフウいいながら帰ってきたのは、あざらしひげの警部である。

怪人捕縛

「あっ、警部さん、どうしたんです。こめかみから血がにじんでいますよ」

「なあに、ガラクタ道具につまずいてころんだだけさ。しかし、社長もよっぽどどうかしているよ。あんな小さな窓からひとが出入りできるもんか。アッハッハ」

「それで、社長さんはどうしました？」

「ああ、社長は二階へあがっていった。とんだばかをみたよ。きみたち、なにをぐずぐずしているんだ。はやく抜け穴のありかをさがさないか」

等々力警部はごきげんななめで、だいぶん鼻息があらいのである。

そのときである。物音をききつけたのだろう。由紀子がジュピターをつれてはいってきた。

「いま、なんだか変な音がしたようだけど、どうかしたんですか」

と由紀子の顔色もかわっている。

「いや、なんでもないんだよ。由紀子ちゃん」

と、譲治青年がなぐさめがおに、

「いま、おじさんがおりてきてね」

「えっ？　パパが……？」

と、由紀子はギョッとしたような顔色である。

「ええ、そしてね、由紀子さん、地下の暖房室に、通風孔があるとおっしゃって……」

「あら、うそよ、うそよ、おねえさま、そんなこと、うそよ！」

「そんなこと、うそって……？」

「だって、変な物音がきこえたでしょう。それでわたし心配だったもんだから、パパを起こしにいったのよ。そしたら……」

「そしたら……？」

「パパ、ぐうすらぐうすらねてらっしゃるわ。いくら起こしてもおきないで……」

由紀子のことばに、一同は、おもわずサッと顔色がかわった。ちょっとのま一同は、不安そうに、たがいに目と目を見かわせていたが、とつぜん、等々力警部が大声で叫んだ。

「あいつだ！　あいつが社長に化けていたんだ。みんな地下室へいってみろ！」

等々力警部の命令で、一同はなだれをうって、サロンから外へとびだした。そして地下室めざしてとんでいく。

だが、サロンの入り口で、とつぜん立ちどまった人間がある。等々力警部と探偵小僧の御子柴進だ。

「由紀子さん、由紀子さん、ちょっとお待ちなさい。ジュピターのようすが変だから」

探偵小僧のよび声に、由紀子もハッと立ちどまると、ジュピターをつれてひきかえしてきた。ジュピターは床のじゅうたんをひっかきながら、等々力警部めがけて、ものすごいうなり声をあげている。

「あっ、このひとは等々力警部じゃない！」

と、進が絶叫した。

「わかった！　わかった！　まぼろしの怪人が社長に変装してやってきたのだ。そして警部を地下室へつれだして、そこで警部を倒して、こんどはその警部に変装してきたのだ。由紀子さん、気をつけなさい」

「ワッハッハ」

と、腹をゆすって笑いだしたのは、ぶきみなにせものの等々力警部。

「探偵小僧、やっと気がついたようだな」

と、ポケットからとりだしたのは、ピストルである。

「お嬢さん、その犬がかわいいと思ったら、しっかりくさりをにぎっていてくださいよ。とびついてくるとひとうちだからね」

と、そういいながらゆうゆうと、ガラス・ケースの宝石類を、すっかりポケットにねじこむと、

「御子柴くん、それじゃ秘密の抜け穴のありかを教えてあげよう。ほら、ここだよ」

と、うしろに立っているグランド・ファーザー・クロックのドアをひらくと、時計の内部をさぐっていたが、やがてカチッと小さい物音とともに、なんと時計の背後にポッカリと、ひとひとり通れるくらいの穴があいたではないか。

「アッハッハ、それじゃ、探偵小僧、お嬢さん、さようなら！」

と、こちらをむいて、ひとを小ばかにしたように、うやうやしくおじぎをしたが、そのときである。意外、意外、時計の背後の穴のなかから、つよい、たくましい男の声がきこえてきたではないか。

「まぼろしの怪人、ピストルをすてろ。ピストルをすてないと、うしろからうつぞ！」

「あっ！」

と、叫んでまぼろしの怪人が、ピストルをすてたとたん、由紀子がくさりをはなしたからたまらない。ジュピターがもうぜんとして、まぼろしの怪人めがけてとびかかった……。

「あっ、三津木さん！　三津木さんだ、三津木さんだ！　それじゃ、三津木さんは秘密の抜け穴をしってたんですね」

探偵小僧の御子柴進が、おどりあがってよろこんだのもむりはない。グランド・ファーザー・クロックのなかをくぐって、ピストル片手にあらわれたのは、新日報社の花形記者、探偵小僧が先生とたのむ三津木俊助。

「ああ、ジュピター、もうかんにんしてやれ。アッ、警部さん、とんだ災難でしたね」

と、三津木俊助のよび声に、探偵小僧と由紀子がふりかえると、一同にかいほうされながらはいってきたのは、シャツ一枚の等々力警部だ。

「この野郎、ひどい野郎だ！」

たぶん、さっきの腹いせだろう。床に倒れているまぼろしの怪人を、くつの先で、いやというほどけとばすと、手ばやく手錠《てじょう》をはめてしまった。

三津木俊助は、探偵小僧よりひとあし先に、抜け穴の秘密に気がついていたのである。そして池上社長と力をあわせ家中を調べたあげく、とうとう秘密の抜け穴を発見したのだ。

しかし、それをだれにもしらせないでまんまとまぼろしの怪人をおびきよせることに成功したのだ。

こうして、さしも世間をさわがせたまぼろしの怪人も、とうとう等々力警部につかまってしまったが、しかし、これでおとなしくしているようなまぼろしの怪人だろうか。なんだかまたひとさわぎ、おこりそうな予感がするではないか。

第2章　魔の紅玉

怪サンドイッチ・マン

探偵小僧の御子柴進は、おもわずオヤッと首をかしげた。まえをいくサンドイッチ・マンのふしぎなそぶりに気がついたからである。

そこは銀座の尾張町《おわりちょう》から、すこし新橋へよったところの、東側の歩道である。時刻は夕方の四時ごろだが、きょうは土曜日なので、銀座の歩道は人出でごったがえしていた。

そのサンドイッチ・マンは、片手にプラカードをたかくかかげて、ヒョコリヒョコリとあひる歩き、チャップリンのような歩きかたで、道ゆくひとを笑わしている。みなりもチャップリンそっくりで、山高帽にせまい上着、それにだぶだぶのズボンである。まえへまわってみれば、鼻の下にきっとチャップリンひげをつけているのであろう。

サンドイッチ・マンは、ヒョコリヒョコリと、尾張町から新橋のほうへ歩いていく。

探偵小僧の御子柴進は、べつにそのサンドイッチ・マンをつけるつもりはなかったけれど、使いにいく方角がちょうどそちらに当たるので、五、六歩うしろから歩いていた。あまり人波がはげしいので進は少しいらいらしていたのである。

ところが、左側に立っている映画館のまえまできたときである。

サンドイッチ・マンはふと立ちどまると、映画館のまえに立ててある、ポスターをちょっとみていたが、なに思ったのか、すばやくあたりを見まわすと、ポスターのうえになにやら書いた。そして、そしらぬ顔でまたヒョコリヒョコリとあひる歩き、人波をおどけたようすでかきわけていく。

進はおやと思った。そして、映画館のまえまでくると、なにげなくポスターの上に目をやったが、

「はてな」

というふうに首をかしげた。

それは、『まぼろしの砂漠《さばく》』という映画のポスターだったが、そのなかの「まぼろし」という四文字を、赤いはくぼくでクルリと囲ってあるのである。

はくぼくのあとの新しさからして、いまサンドイッチ・マンがやったにちがいないが、いったいこれは、なにを意味しているのであろうか。いたずらにしてはおとなげないし、といって、それだけのことにかくべつ意味があろうとは思えない。

変だなあと小首をかしげながらも進はただなんとなく、またブラブラと人波をかきわけて歩きだした。プラカードがひとの頭からたかくつき出しているので、サンドイッチ・マンのいどころはすぐわかった。なにしろ、ヒョコリヒョコリとあひる歩き、ノロノロしているから、進はすぐそのうしろまで追いついたが、そのときである。

怪しいサンドイッチ・マンが、またぞろ、すばやくあたりを見まわすと、かたわらのお店の看板に、なにやら書くのがちらりと見えた。しかも、こんどはその指先に、赤いはくぼくが握られているのまで、はっきりわかった。

サンドイッチ・マンは、お店の看板にいたずらをすると、またヒョコリヒョコリとあひる歩き、すました顔で歩いていく。進はおもわずハッとして、店のまえまでいそぎ足で近よると、それはおもちゃを売る店だったが、その看板の『のんき堂』とかいた文字のうち、「の」の字のまわりに赤い線で囲いがしてある。

進は、いよいよ心のなかで怪しんだ。一度ならず二度まで、こういういたずらをするからには、きっとなにか意味があるにちがいないと、こんどは、注意ぶかく、怪しいサンドイッチ・マンをつけていくと、またぞろ、サンドイッチ・マンの手がのびて、かたわらの壁になにやら書いた。

進がいそぎ足に近よるとそこは建築中のたてものの、板囲いの外だったが、その板囲いのうえに、すみくろぐろと、『銀座会館建築地』と書いてある。

その「会」という字のまわりには、またしても赤いはくぼくのわく。

進の胸はいよいよおどった。こうなると、もうたんなるいたずらとは思えない。

これにはなにかきっとふかいわけがあるにちがいない、とするどい目でサンドイッチ・マンの背後をにらみながら、用心ぶかくつけていく。

と、四たびサンドイッチ・マンの手がのびて、かたわらの看板の上に印をつけた。

進がちかよると、それは菓子屋の看板で、「人参《にんじん》あめ」と、書いた四文字のうち、「人」という字に赤いわく。

御子柴進は、おもわずギョッと立ちすくんだ。

探偵小僧いらっしゃい

さいしょが「まぼろし」という字であった。つぎが「のんき堂」の「の」の字である。三度めが「銀座会館」の「会」の字で、そしてこんどが「人参あめ」の「人」である。それをはじめからつづけて読むと「まぼろしの会人」となるではないか。「まぼろしの会人」すなわち「まぼろしの怪人」ではないか。

ああ、まぼろしの怪人！

風のごとく、神のごとく、文字どおり神出鬼没の活躍ぶりをみせていた、怪盗「まぼろしの怪人」が、探偵小僧の御子柴進や三津木俊助の手によって、しゅびよく捕縛《ほばく》されたのは、去年のクリスマスのことだった。

したがって、まぼろしの怪人はいま、小菅《こすげ》の拘置所《こうちしょ》の未決にいるはずなのである。刑がくだれば、おそらく十年以下ではおさまるまいとひょうばんされている。だから、まぼろしの怪人の一味の者が、あらゆる手段をつくして拘置所から、首領を救いだそうとしていることは、進にもうなずけるのである。

この怪しいサンドイッチ・マンもまぼろしの怪人の一味ではあるまいか。そして、仲間との通信として、こういういたずらめいたことをやっているのではないだろうか。

進は、すばやくあたりを見まわした。仲間らしい男は見当たらないかと思ったのである。しかし、この織るような人波のなかから、怪しい男を見つけだすのは困難だった。

進はすぐ、仲間を見つけだすことはあきらめた。それより、この怪しいサンドイッチ・マンの行動に、目をつけているほうが秘密をさぐりだすのにちかみちだ。

怪しいサンドイッチ・マンは、新橋までたどりつくと、そこでクルリとふりかえり、またヒョコリヒョコリとあひる歩き、こちらのほうへやってくる。探偵小僧の御子柴進は、すばやくかたわらの時計屋の、店頭へ近づいていくと、ショー・ウインドーのなかをのぞきこんだ。

さいわい、ショー・ウインドーの奥には一枚の鏡がはってある。その鏡のなかを怪しいサンドイッチ・マンが、あいかわらずヒョコリヒョコリとあひる歩き、おどけたかっこうで通りすぎたが、御子柴進に気がついたけはいはなかった。

それを五、六歩やりすごして、探偵小僧の御子柴進は、両手をポケットに入れたまま、ブラリブラリとつけていく。

尾行としては、それはずいぶん骨のおれる尾行であった。とっとと歩いていくほうが、尾行するには、よほどしやすいのである。ところがサンドイッチ・マンときたら、できるだけノロノロと歩くのが商売である。そのじれったいことといったらなかった。

しかし、進は気がついていた。さっき菓子屋の看板の人参あめにいたずらをして以来、用事がすんだのかサンドイッチ・マンは、二度といたずらに手を出さないのである。

やがて、右側に松坂屋が見えてきた。その松坂屋のまえを通りすぎると、サンドイッチ・マンの怪しい使命はおわったのか、急にプラカードを横に倒すと、それを小わきにひっかかえて、すたすたと松坂屋の角を曲がっていく。

進もいそぎ足で、その四つ角までやってくると、サンドイッチ・マンはやはりプラカードをかかえたまま、すたすたむこうへ歩いていくのである。

探偵小僧の御子柴進は、またあたりを見まわした。しかし、かくべつの仲間とおぼしい人物も見あたらない。

「よし、それじゃ、ひとつ行く先をつきとめてやろう」

進はこの冒険に、すっかり興奮しているのである。

まぼろしの怪人はつかまったが、怪人の仲間はまだひとりもつかまっていないのである。仲間をこのままにしておくと、いついかなる手段で、首領の怪人を拘置所から、うばい出さないともかぎらない。いまや、その仲間のありかがわかりそうになっているのだ。

進は胸をドキドキさせながら、怪しいサンドイッチ・マンをつけていく。サンドイッチ・マンは二つ三つ通りをつっきると、やがてまた横町へ曲がった。そして、そこにある殺風景なビルのまえまでくると、またすばやくあたりを見まわしたのち、プラカードをかかえたまま、風のようになかへとびこんだ。

進が、大いそぎでそのビルのまえまで走りよると、いましも、正面の階段を、かけのぼっていく男の、かかえたプラカードがちらりと見えた。

進もそのあとを追って、ビルのなかへとびこむと、用心ぶかく正面の階段をのぼっていった。二階にはへやが十ほどある。しかし、サンドイッチ・マンのとびこんだへやはすぐわかった。ドアのまえにプラカードが立てかけてあるからである。

進はなにげなく、そのプラカードに目をやって、おもわずギョッと息をのんだ。

「探偵小僧よ、いらっしゃい」

妙なまじない

「しまった！　はかられた！」

と、探偵小僧の御子柴進が、ハッとそれに気がついたときはおそかった。

やにわにドアがひらいたかとおもうと、逃げだそうとする進の首っ玉へ、太い腕がのびてきた。つぎのしゅんかん、へやのなかへひきずりこまれた進は、いやというほど床のうえにたたきつけられ、百、千の火花が目からとび出すような思いであった。

「アッ、ごめん、ごめん、こんな手荒なまねをするつもりではなかったが、ついもののはずみでね」

太い男の声に進が顔をあげると、そこには見おぼえのある顔が立っていた。それはいつぞや日本橋の交差点で、交通巡査に化けていた男である。

進は床のうえから起きなおると、キョロキョロあたりを見まわしたが、どこにもサンドイッチ・マンのすがたは見えない。

「アッハッハ、探偵小僧、なにをキョロキョロしてるんだね。ああ、そうか。さっきのサンドイッチ・マンをさがしているんだね。なあに、あれはわれわれの仲間じゃない。ただきみをここへおびきよせるために、ちょっと道具に使っただけだ。いまごろはこのビルの裏階段から外へ出ていって、また、ヒョコリヒョコリと歩いているだろう。アッハッハ」

進はしまった！　しまった！　と思わず心中歯ぎしりをする。少し好奇心が強すぎたし、それにけいそつでもあったと、いまさらくやんでもはじまらない。

探偵小僧の御子柴進は、うわめづかいにじろじろと、相手のようすを見守っている。

「いやあ、探偵小僧、きみはなかなか頭のいい少年だから、このへやのようすをひとめ見ればわかるだろう。ここは厳重に防音装置、すなわち、音が外へもれないような装置がしてある。したがって、きみがいかにわめこうが、叫ぼうが、ぜったい外へもれっこないんだからな」

「おじさんは、ぼくをどうしようというんです」

「アッハッハ、探偵小僧、きみにはこのおれがだれかわかるだろう」

「まぼろしの怪人の手下だろう」

「そう、そのとおり、まさにきみのおっしゃるとおり」

「それで、ぼくをどうしようというんだ」

「いや、きみにね、ちょっとお手伝いをしてもらおうと思ってるんだ」

「なんの手伝い」

「いやね。首領まぼろしの怪人がつかまったというのも、きみのせいだからね。こんどはまぼろしの怪人を、救い出す手伝いをしてもらいたいのだ」

「いやだい、そんなこと！」

進はキッと唇《くちびる》をかみしめる。

「いやだといってもしかたがない。このとおりとらわれの身となってはな。それに、なにも手荒なまねをしてもらおうというんじゃない。ただ、ちょっと、かんたんな文章を朗読してもらえばいいんだから」

「文章を朗読する……？」

進はキラリと好奇の目を光らせた。

「ああ、そう、この文章だがね。ちょっと読んでごらん」

怪人の部下がポケットから取り出したのは、折りたたんだびんせんである。それをひらいてみて、探偵小僧の御子柴進は、おもわずあきれたような目をあげた。

そこには、奇妙なおまじないみたいなことが書いてある。

『さあ、起きなさい。起きるんだよ。そして、さっさと制服をつけなさい。いいかね、制服をつけ、帽子もちゃんとかぶるんだ。帽子もかぶったかね。それじゃ、カギをもちなさい。八六号のカギをわすれちゃいかんよ。さあ、カギをもったらまっすぐに、八六号へいくんだ。そして、八六号へいったら、ドアをひらいてなかへはいる。あとは八六号の主人がいいようにしてくれるからね。わかったかね。わかったら、そこでいちど復誦《ふくしょう》してごらん』

いったい、これはなんのまじないなのかと探偵小僧は首をひねって考えたが、どうしてもわけがわからなかった。

怪人脱走

「あら、御子柴さん、目がさめて？」

やさしい声に進が、ふと目をひらくと、由紀子の心配そうな顔がのぞきこんでいる。なんだかてのひらがくすぐったいので、ふと見ると、ベッドの端からたれた右手を、ジュピターがペロペロとなめているのである。

「あっ、由紀子さん！」

進がおもわずギョッと起きなおって、あたりを見まわすと、そこは池上社長の邸宅で、進にあてがわれているへやのなかである。探偵小僧はきちんとパジャマにきかえていて、ベッドのなかに寝かされている。

「由紀子さん、ぼく、いつここへ帰ってきたんですか」

「ゆうべ、おそく。親切なおじさまが自動車で、ま夜中すぎに送ってきてくだすったのよ」

「親切なおじさまが……？」

「ええ、そう。銀座裏に倒れているのを見つけたからって。ポケットの名刺入れのなかの名刺から、ここのところがわかったんですって」

あいつだ！　あのまぼろしの怪人の部下なのだ！

それにしても、じぶんをここまで送りとどけてきたのは紳士的だが、まんまと怪人一味のわなにひっかかったくやしさが、いまさらのようにむらむらとこみあげてくる。

探偵小僧の御子柴進は、なんだかふらつく頭をかかえながら、ゆうべのことをもういちど、頭のなかでくりかえしてみる。

進がある奇妙なまじないを、まぼろしの怪人の部下のまえで朗読させられたのは、きっちりゆうべの十二時のことだった。

もっとも、それまでになんども、なんども、練習させられた。

そのあいだには晩ご飯として、おいしい洋食をごちそうしてくれた。

そして、いよいよ夜中の十二時になった。

まぼろしの怪人の部下は、進を片方の壁のまえへつれていった。そこにはちょうど、進の顔の高さのところに、一枚のポスターがはってあった。ポスターの絵はなんでもない風景画だった。

進はもうあの文句をそらで、暗誦していたので、まぼろしの怪人の部下の合図とともに、あの奇妙な文句をささやきはじめた。まえにはってあるポスターに、話しかけるようにしゃべれということだったので、そのとおり、やさしく話しかけた。

まぼろしの怪人の部下は、耳にレシーバーを当て、かたわらのテーブルにむかっていた。

進はなにがなにやらわけがわからなかった。まるでキツネにつままれたような気持であった。まじめくさって、レシーバーを耳にあてている男を、頭がおかしいとしか思えなかった。

やがて、進の朗読がおわると、男はいっそう熱心な顔色で、レシーバーに耳をかたむけていたが、しばらくすると、満足そうな微笑をもらした。

「やあ、ごくろう、ごくろう、探偵小僧これできみの役目はおわったよ。アッハッハ」

と、部下はゆかいそうに腹をかかえて笑うと、進の方へ近づいてきた。

「さあ、もう用はすんだから、きみのおうちまで送ってあげよう」

そういったかと思うと、進を抱きすくめ、いきなり大きなてのひらで、鼻と口をぴったりおさえた。

部下の手には、なにやらしめったガーゼのようなものがにぎられていた。進はあまずっぱい匂《にお》いのようなものが、鼻へツーンと抜けるのを意識しながら、しばらく手足をバタバタさせていたが、やがてぐったり、気が遠くなってしまったのである……。

進にとっては、それはまるで夢のようなできごとであった。進はじぶんでも、悪いことをしたとは少しも思っていない。

あんなくだらないおまじないを朗読したところで、いったいそれがなんの役にたつというのだ。

「由紀子さん、きょうはどうして学校休んだんです」

「あら、きょうは日曜日よ。それにしても御子柴さん、ゆうべたいへんなことがあったのよ」

「たいへんなことって」

「まぼろしの怪人が脱走したんですって」

「えっ、まぼろしの怪人が……？」

「ええ、そう、けさまぼろしの怪人のいれられていた八六号をのぞいたら、看守のひとがまぼろしの怪人のかわりにはいっていたんですって。そして、かんじんのまぼろしの怪人のすがたが見えないので、たぶん、看守の服をきて、看守に化けて逃げたのだろうって、そういう電話がかかってきたので、おとうさまもびっくりして、御子柴さんのことを心配しながらも、新聞社へ出ていったのよ」

ああ、八六号……それじゃ、ゆうべのあの朗読が、なにかそれに関係があるのではないかと、進は思わず息をはずませた。

怪放送

三時ごろ出たその日の夕刊には、まぼろしの怪人脱走の記事が社会面のトップをしめて、でかでかと大きく報道されていた。

それによると、まぼろしの怪人脱走の手段は、なんともえたいのしれないものだった。まぼろしの怪人のいれられていた八六号監房には、まぼろしの怪人とおなじ服装をした男が、けさもながながと寝ころんでいた。だから、なんども看守がそのまえを通ったけれど、だれもべつにあやしまなかった。

ところが起床の時間になっても、まぼろしの怪人が起きてこないので、看守のひとりがなかへはいってのぞいてみると、なんとそれは怪人ではなく、吹田《ふきた》という老看守ではないか。吹田老人はまぼろしの怪人の服をきて、こんこんと眠っているのである。そこで大さわぎになって、吹田老人はたたき起こされたが、ただ、キツネにつままれたようにキョトンとしているだけで、じぶんがいつここへきたのかもしらなかった。

吹田老人はもう何十年もこの拘置所へつとめている模範看守で、ぜったいにひとから買収されるような男ではなかった。かれはただ、ゆうべ十一時ごろ、じぶんのへやで床についたが、それからあとはしらないといいはった。

　そこでなにか薬でものまされたのではないかと、吹田老人のへやを調べたところ、意外なものが発見された。それはまくらもとの木箱のなかにかくされていた、小型の無電装置である。しかも、それはふつうのラジオではなく、ひじょうに精巧にできたアマチュア無線の受送信装置だ。

　むろん、それは吹田老人のものではなく、だれかが仕掛けていったにちがいないが、それがいったいなにを意味するのか、だれにも理由がわからなかった。

　ただ、おぼろげながらもその意味をさとったのは、探偵小僧の御子柴進である。

　おそらく吹田老人は、ひじょうに暗示にかかりやすい性質なのだろう。そして、ゆうべのじぶんの朗読は、吹田老人を催眠術にかけるための放送だったのではあるまいか。催眠術をかけるためには、あの部下の太い声では不適当だったので、子供のじぶんがえらばれたのではないか。

「ちくしょう！　ちくしょう！　もし、そうだったら、じぶんもまぼろしの怪人の脱走を助けた一味になるのだ！」

　探偵小僧の御子柴進は、目をさらのようにして夕刊を読みおわると、じぶんのへやからとび出した。

　さいわい、由紀子はピアノのけいこにいってるすである。進は、ジュピターをつれだして、通りかかったタクシーに乗ると、銀座裏へかけつけた。

きのうのビルはそのままである。進は、用心ぶかくジュピターのくさりをひきながら、きのうのへやへいってみた。へやのドアはひらいていた。

恐る恐るなかへはいって、あたりを見まわした進は、思わずギョッと息をのんだ。

かたわらのソファーのうえに、看守の制服と制帽が、むぞうさにぬぎすててある。それではやっぱりまぼろしの怪人は、看守にばけてここまできたのだ。

ねんのために進は、制服と制帽をジュピターにかがすと、きのうじぶんが朗読した、壁のまえへいってみた。そして、あの平凡なポスターをはぎとるとはたしてそこはうつろになっている。

ああ、ここに無線装置がそなえつけてあったのだ。それとはしらずに、じぶんは大それた指令を朗読したのだ。じぶんの指令によって吹田老人は、なんにもしらずに眠ったまま、まぼろしの怪人の脱走を助けたのにちがいない。

「ちくしょう！　ちくしょう！」

探偵小僧の御子柴進は、おもわずくやしさにじだんだふんだが、そのとき、ふと目にうつったのは、床のうえに落ちている一枚の紙である。それは新聞の切り抜きだったが、そこには頭にターバンをまいた、アラビアの王子の写真が出ていた。

それはちかごろ来朝された、砂漠の国の王子の写真で、そのターバンの正面にかざられたルビーは、時価数千万円もするとかいう話で、ちかごろ新聞をにぎわしているのである。

探偵小僧の御子柴進は、おもわずキラリと目をひからせた。

探偵小僧の心配

「ねえ、社長さん、三津木さん」

と、ちかごろ探偵小僧の御子柴進は池上社長や三津木俊助の顔をみるたびに、おねだりすることをやめないのである。

「近いうちに砂漠の国の王子さま、アリ殿下のパーティーがひらかれるんでしょう。そして、社長さんや三津木さんもそのパーティーに招待されているんでしょう」

「なあんだ、探偵小僧、おまえまたそのパーティーへつれてけっていうのかい」

池上社長はからかい顔だが、三津木俊助はま顔になって、

「探偵小僧、きみはなんだってそうしつこく、アリ殿下のパーティーに出たがるんだ。それには、なにかわけがあるのかい」

「ううん、べつにわけってありませんが……ぼく、ちょっと見たいんですよ」

「見たいって、なにが見たいんだ」

「いいえ、ほら、うちの新聞にまででたでしょう。アリ殿下が頭にまいておられるターバンに、ちりばめられているルビーというのは、日本のお金にすると数千万円もすると

いうじゃありませんか。ぼく、いちどでいいから、そんなりっぱなルビー、みたいんですよ」

これをきくと池上社長と三津木俊助はハッとしたように顔を見合わせた。

「探偵小僧」

と、池上社長はまじめくさった顔になって、

「それは、どういう意味だ。ひょっとするとおまえは、例のまぼろしの怪人がアリ殿下のルビーをねらっているとでも考えているのではないか」

「ええ、ぼく、なんだかそんな気がしてならないんです」

「しかし、ねえ、探偵小僧」

と、そばから三津木俊助がやさしい声で、

「まぼろしの怪人は、やっときのう脱走したばかりだぜ。しかも、アリ殿下のパーティーはあしたの晩にせまっている。まぼろしの怪人がいかに神出鬼没とはいえ、たった二日や三日では、それだけ大きな仕事をするのに、とても準備はできなかろうよ」

「でも、三津木さん」

と、進はいっしょうけんめいの目つきになって、

「まぼろしの怪人には大ぜい部下がいます。部下が準備をしておいたかもしれません。部下だってひととおりや、ふたとおりのやつではありません。ああして、ものの見ごとにまぼろしの怪人を脱走させたではありませんか」

その脱走にじぶんも一役かったらしいことは進にはいえなかった。それがいえないいくらいだから、銀座裏のビルの一室で、新聞の切り抜きをひろったこともいえない進なのだ。

砂漠の国の王子さまが、いま日本にきていられるのは、つぎのような用件なのだ。

アリ殿下のお国にはたくさん石油が産出する。その石油を掘る権利をねらって世界の大きな国々が、やっきとなって運動している。その権利を獲得するとしないとでは、国の利益に大きなちがいがあるのだ。

ところが、アリ殿下は以前から、たいそう日本に好意をもっておられて、できるなら日本の進んだ科学技術で、石油を掘ってほしいというご希望なのだ。そして、そのためわざわざごじぶんで、日本へやってこられて、外務大臣をはじめとして、お役人たちといろいろ交渉中なのだ。

だから、ここでもしアリ殿下の身辺にまちがいがあり、殿下が気を悪くされるようなことがあったら、日本にとっても不利である。

さすがに新聞社につとめているだけあって、探偵小僧の御子柴進は、子供ながらもそういうことを心配しているのだ。

「社長さん、これは探偵小僧の心配ももっともかもしれません。なんとかこれは手をうったほうがいいかもしれませんね」

「と、いって、招待されていないものをつれていくわけにもいかないし」

と、池上社長もちょっと思案顔だったが、そのとき進が名案を思いついた。

「社長さん、よいことがあります。社長さんはいまアリ殿下の泊まっていられるニッポン・ホテルの支配人の川口さんとごこんいでしょう。川口さんにたのんであしたの晩だけぼくをホテルのボーイにしてくれませんか。そうすればぼく、できるだけアリ殿下のおそばについていて、まちがいが起こらぬようにできると思うのです」

「フム、フム、なるほど、それは名案だが……」

「それに、ジュピターもつれていきましょう。ジュピターはまぼろしの怪人をしってますから」

と、池上社長が賛成しそうなので、探偵小僧の御子柴進は、もう大はりきりなのである。

進はジュピターに、看守の制服と制帽をうんとかがせておいたのだ。あの制服や制帽には、まぼろしの怪人の体臭がしみついているはずだから、ひょっとすると、ジュピターのきゅう覚が、役にたつかもしれないのだ。

探偵小僧のいたずら

アリ殿下のパーティーは、三月二十五日の夜、七時からひらかれることになっていた。

会場はニッポン・ホテルの大広間ときまっていたが、さて、当日となればホテルでは、朝から会場のかざりつけやなんかに大わらわであった。

なにしろ、主人役というのが砂漠の国の王子さまであるうえに、お客というのが、外務大臣の藤川善一郎《ふじかわぜんいちろう》氏をはじめとして、日本でも一流のひとたちばかりが三百名というのだから、支配人の川口氏がいろいろ気をつかうのもむりはない。

なお、そのうえに、ひょっとするとまぼろしの怪人が、アリ殿下の宝石をねらっているかもしれないと、池上三作氏からきかされて、川口支配人の心配は、いよいよ大きくなるばかりである。

「御子柴くん、だいじょうぶかね。きみはまぼろしの怪人のやり方をよく知っているということだが、もし、今夜怪人がやってくるとしたら、どんな方法をつかうだろうね」

と、いまもいまとて、支配人室で川口支配人は、青ざめた顔つきである。

その支配人とむかいあっていすに腰をおろしているのは、探偵小僧の御子柴進と、いまひとりは意外にも池上三作氏の令嬢、由紀子である。由紀子のそばには名犬ジュピターが、ピーンと耳をたてている。

進も由紀子も、ホテルの制服をきて、ホテルの従業員になりすましている。はじめは進、ひとりだけのつもりだったのだけれど、ジュピターをつれていくとしたら、由紀子もいっしょのほうがいいということになったのである。

「そうですねえ、それにはいろいろなばあいがありますねえ、由紀子さん」

「ええ、そうよ。去年のクリスマスの晩、うちへやってきたときは、パパに変装してたわ」

「なんだ、池上くんに変装してたと？　それでおうちのひとが見ても、みわけがつかなかったのかね」

「ええ、ちょっと見ただけではわからなかったんです。それからこんどはとっさのあいだに、等々力警部に変装したんです」

「フウム」

と、川口支配人は目を白黒させながら、

「かねてから、変装の名人だとはきいていたが、そんなにじょうずに変装するとは……それじゃ、今夜はだれに化けてやってくるか、しれたものじゃないな」

「そうです。そうです。だから、ぼく、さっきから心配しているんです」

「さっきから心配してるって、いったいなにを心配してるんだね」

「おじさん、おじさんはほんとに川口さんですか。ひょっとすると、まぼろしの怪人が化けてるんじゃありませんか」

「ば、ば、ばかなことをいいなさい。わたしはここの支配人。正真正銘の川口武彦じゃ」

「おじさん、そんならねんのために、おじさんのひげをひっぱったり、おなかをつついてもいいですか」

支配人の川口武彦氏は、ビールだるのようなおなかをしていて、頭はたまごのようにツルツルはげている。そのうえに鼻の下にはピーンと八字ひげをはやしているのである。

「ワッハッハ、そんなに心配ならさわってみるがいい。つけひげかどうか、ひっぱってごらん」

　進はわざともったいぶった顔をして、川口支配人のおなかをつついたり、八字ひげをひっぱってみたりしたが、どこにも怪しいところはなかった。

「わかりました。おじさんは正真正銘の、川口支配人であることをみとめまあす」

「あたりまえじゃ」

「ホッホッホ」

　と、由紀子が笑いながら、

「悪い御子柴さんねえ、おじさまにいたずらをして……」

「えっ、なんじゃ、由紀子さん、そのいたずらというのは……？」

「いいえ、おじさま。おじさまがもしにせものなら、とっくの昔にこのジュピターがかみついておりますわ。御子柴さんはちゃんとそれをしっていて、わざとおじさまにいたずらをしたのよ、ホッホッホッ」

「こいつめ、こいつめ、探偵小僧のいたずら小僧め」

　こうして、その場は大笑いになったが、やがて、笑いごとでないことが、もちあがってくるのである。

藤川外務大臣

パーティーは七時からはじまることになっている。だから、六時半ごろになると、ぞくぞくとして、お客があつまってきた。定刻の七時になるまで、客たちは、ひかえ室で三々五々談笑している。

まえにもいったとおり、客というのは、日本でも一流の名士たちばかりだけれど、そのなかにはそうとうたくさんの婦人もまじっている。だからひかえ室のなかは、まるで美しい花が咲いたようであった。

そのお客のなかには、池上社長や三津木俊助もまじっている。ふたりはしかつめらしい顔をして、ひかえ室へ出たりはいったりするボーイすがたの探偵小僧のすがたをみると、おもわずニヤニヤ顔を見合わせた。

探偵小僧の御子柴進は、まぼろしの怪人が変装して、まぎれこんでいやしないかと、さっきから、うの目たかの目なのである。

やがて、七時五分まえ。

今夜のお客さんでも、いちばんだいじな外務大臣藤川善一郎氏が秘書をつれて到着した。

藤川外務大臣は、雪のように美しい頭髪をもって知られている。しかしちかごろの政治家にはめずらしい、口ひげとあごひげをはやしていて、いつもきちんとかりこんでいる。むろん、口ひげもあごひげもまっ白である。つのぶちのめがねの奥では、いつもおだやかな目がまたたいている。小がらで上品な老紳士《ろうしんし》である。

ところが、この藤川外務大臣が到着したとき、ちょっと妙なことが起こったのである。

受付のすぐうしろのへやでは、由紀子がジュピターをつれて、待機していたのだ。

人間の目はごまかされても、犬のきゅう覚はごまかされない。ジュピターはまぼろしの怪人が着て逃げた、吹田老看守の制服制帽を、さんざんかがされているのである。だから、まぼろしの怪人がいかにたくみに変装してきても、ジュピターの鼻がかぎわけてくれるだろうと、さてこそ、ジュピターをつれて待機していたのだ。

ところが藤川外務大臣が、秘書といっしょにやってきたとき、ジュピターが、

「ウウウ……」

と、ひくくうなって、バリバリ床のじゅうたんをかきはじめた。これはジュピターの怪しいものを見つけたときにしめすそぶりである。

由紀子はハッとして、

「ジュピター、どうしたの。あのかたは外務大臣の藤川さんよ。由紀子お目にかかったことはないけど、新聞やテレビでよくしってるわ。けっして怪しいかたじゃなくってよ」

と、しきりにジュピターをなだめるのだが、ジュピターはそんなことばも耳にはいらないのか、いよいよはげしく床をかき、

「ウウウ、ウウウ」

藤川外務大臣にむかってうなりつづける。

しかし、藤川外務大臣は、そんなこととはゆめにも知らず、案内のひとにつれられて、ひかえ室にはいって行った。

そのうしろ姿を見送って、ジュピターはいよいよつよくうなりはじめる。由紀子が手をはなせばそのままひかえ室へとんでいきそうなけんまくである。

だが、ちょうどさいわい、そこへ探偵小僧の御子柴進がはいってきた。

「あっ御子柴さん、ちょっと妙なことがあるのよ」

と由紀子が早口に、いまのできごとを語ってきかせると、探偵小僧は目をかがやかせて、

「しめた！　それじゃ、まぼろしの怪人め、今夜は藤川外務大臣に……」

「うそよ、うそよ、そんなことうそ、まぼろしの怪人がいくら変装の名人だって藤川外務大臣に化けるわけがないわ」

「どうして、由紀子さん、由紀子さんはどうしてそんなことをいうんです」

「だって、うちのパパだって等々力警部さんだって、日本人としてはずいぶん大きなほうよ。ふたりとも一メートル七〇以上あるわ。そのふたりに化けたまぼろしの怪人は……やっぱり、そのくらいの身長があるのにちがいないわ。ところが藤川さんは一メートル七〇なんか、とってもないわ。いかに変装の名人だって、身長をけずるわけにはいか

ないでしょう。でも、変ねえ、ジュピターがあんなふうにうなるなんて……」

「ようし」

と、探偵小僧は目をいからせて、

「それじゃ、うちの社長や三津木さんは、藤川外務大臣に、なんども会ったことがあるはずだから、ふたりにひとつ鑑定してもらいましょう」

「ああ、それがいいわ。だけど、はじめからにせものだなんてきめてかかって失礼しちゃだめよ」

「だいじょうぶです」

と、探偵小僧の御子柴進は、いきおいこんでひかえ室のほうへ走って行った。

アリ殿下

ひかえ室のなかで三津木俊助は、探偵小僧の御子柴進から注意をうけると、思わずギョッとしたように、むこうに立っている藤川外務大臣をふりかえった。

「あの外務大臣がにせものじゃないかというんだね」

と、むろん、探偵小僧も三津木俊助も、あたりをはばかる、ひそひそ声であることはいうまでもない。

「ええ、そうなんです。あのひとがやってくると、とてもジュピターがうなるんです」

「なるほど、そういえばいっしょにきている秘書というのが、いつもの若山さんじゃないようだね。よしそれじゃ、ぼくが行ってちょっとようすをさぐってみよう」

「おねがいします」

ちょうどそのとき、藤川外務大臣は、池上社長をはじめとして、支配人の川口武彦氏や、それから二、三人の紳士にとり囲まれて、なにやら話をしていたが、いつもとちがって、今夜はなんだかぼんやりしている。

「外務大臣閣下には……」

と、そばから新しい秘書が注意した。

「お仕事があんまりおいそがしいので少し疲労していられるんです。じつは、今夜の会も、ほんとは欠席したいとおっしゃったんですが、それでは殿下にすまないと、むりやりに、こうして出席されたんですから、どうぞ、そのおつもりで……」

「いや、いや、それはごもっともで」

と、外務大臣のいそがしさに、大いに同情したのは川口支配人である。

「それじゃ、別室でお休みになったら……もっとも、もうすぐ定刻の七時ですが、それまでのあいだでもちょっとむこうで……」

「ああ、そう、それじゃ、閣下、マネジャーがああいってくれますから、別室でご休息なさいますように」

「ああ、そう、それでは……」

と、藤川外務大臣が、まるで夢でもみているような声でつぶやいたとき、三津木俊助がそばへやってきた。

「ああ、藤川さん、こんばんは……」

「えっ？」

と、藤川外務大臣がはとが豆鉄砲でもくったように、目をパチクリとさせているときである。場内にけたたましくベルの音が鳴りわたったのは、いよいよ、定刻の七時のきたことを知らせるものだった。

「あっ」

と、叫んだ川口支配人。

「これはいけない。いよいよアリ殿下のお出ましだ。それじゃあ外務大臣閣下、あなたがいちばんたいせつなお客さまですから、まず一番にお席におつきになって。三津木くん、ごあいさつはまたあとにしてくれたまえ」

と、そういうと、さっさと外務大臣をひきつれて、大広間のほうへ、はいって行った。あとでは池上社長と三津木俊助それから探偵小僧の御子柴進が、ふしぎそうに顔を見合わせている。

それはさておきニッポン・ホテルの大広間には、中央に四角な浅い池がほってある。そしてその池のなかにはいまやスイレンの花がまっさかりであった。

むろん時候はまだスイレンの咲くのには早いのだが、この池に咲いているスイレンは、ある特殊な方法で栽培《さいばい》されたもので、光線のかげんで花がひらいたり、つぼんだりする。つまりある特別の光線をあてると、しぜんと美しい花べんをひらき、その光線が消えると自然に花べんをとじるので、これが川口支配人のごじまんであった。

さて大広間のテーブルは、この池を中心として、長方形にならべられ、正面の席におつきになるのがアリ殿下、そして、殿下とおなじテーブルの正面が藤川外務大臣の席だった。

やがて川口支配人の案内で、三百人という客が、それぞれ定めの席につくとまもなく砂漠の国の国歌がかなでられた。

その音楽と万雷の拍手《はくしゅ》にむかえられて大広間へはいってこられたのは、アリ殿下とふたりの従者、名まえはモハメットとイブダラー、ふたりとも砂漠の国の大臣である。

川口支配人の案内で、殿下を中心に砂漠の国の賓客《ひんかく》三人が、正面のテーブルに着席されたが、そのときひとびとの目をうばったのは、殿下が頭にまいたターバンの正面にちりばめてあるルビーである。さんさんとあたりがかがやきわたったがこれこそ、多くの伝説と物語をひめている魔のルビーなのである。

シャンデリアの怪人

こうして、いよいよ今夜のパーティーの幕が切っておとされることになったのだが、その前に、アリ殿下の短いごあいさつがあった。

それにつづいて答礼のあいさつをするのが、藤川外務大臣の役である。藤川外務大臣は万雷の拍手のうちに立ちあがった。しかし、なんどもいうように、今夜の藤川外務大臣はよっぽどどうかしているのである。

立ちあがったことは立ちあがったものの、なにをいったらよいかわからぬふうで、キョトキョトとあたりを見まわすばかり。しかも、その目はまるで催眠術でもかけられたひとのように、ぼんやりにごって力がない。

アリ殿下とふたりの大臣は、ふしぎそうに藤川外務大臣の顔を見あげている。そのころには川口支配人と探偵小僧の御子柴進が、手に汗をにぎってようすをみていた。

やがて、テーブルのあちこちから、ひそひそ話がきこえてきた。いつもとちがう外務大臣のふしぎな態度に、ひとびとはしだいに、不審の念をいだきはじめたのである。

と、このときだ。

とつぜん、大ホールの電気という電気がいっせいに消えて、あたりはうるしのようなやみに包まれた。おりがおりだけに一同は、

「ワッ！」

と、叫んで総立ちになる。

と、このとき、天井《てんじょう》にあたって高らかな笑い声がきこえたので一同は二度びっくり、ギョッとして、天井をふりあおぐと、おお、これはなんということだ。

大ホールの天井はずいぶん高く、その天井の中央に、大きなシャンデリアがぶらさがっているのだが、そのシャンデリアの板に、だれやらひとがうずくまっているではないか。

だが、しかし暗やみのなかでどうしてそれが見えたかというと、その怪しい人物は、全身から鬼火のような光を発散しているのである。その光にうきあがったすがたを見ると、そいつは、サーカスのピエロそっくりのかっこうをしている。

頭はツルツルにはげていて、ひたいと両の小びんにひとにぎりほどの毛がはえている。鼻はまるくて大きくて、顔には、ベタベタ紅《べに》やおしろいをぬっているらしい。着ているものはだんだらじまの道化服《どうけふく》だが全身に夜光塗料をぬっているにちがいない。まっくらがりのなかに、鬼火のような光をはなちながら、しかも、そいつがサルのように大シャンデリアの板にしがみついていて、

「ウワッハッハ」

と、大声あげて笑ったかと思うと、

「これから、いよいよアリ殿下の歓迎会のはじまりはじまり」

と、ユッサユッサと、シャンデリアをゆさぶりはじめたからたまらない。

大シャンデリアには切り子ガラスの装飾が、房《ふさ》のようにたれている。その房と房とがかちあって、カラカラ、カチカチ音を立てるとやがて房が切れてガラスの玉が、まっくらがりの大ホールへ、まるであられのように降ってくる。

このふしぎな怪物の出現に、一同はあっけにとられて、しばらくはことばもなかったが、雨あられと降ってくるガラスの玉に、

「ワッ」

「キャッ！」

と、たいへんなさわぎになり、

「電気をつけろ！　電気をつけろ！」

と、叫ぶもの。

「だれか、天井裏へいってあのくせ者をとっつかまえろ」

と、どなるもの。大ホールのなかは上を下への大騒動になったが、それをしり目にかけて大シャンデリアの怪人は、ひとを小ばかにしたような一礼をすると、スルスルと、シャンデリアの板をつたって、ひらりと天井裏へすがたをかくした。

気がつくとシャンデリアの根もとのところに、一メートル四方ほどのおとし穴みたいなものができていて、道化服の怪人がすがたを消すと同時に、ピタリと、もとの天井にかえったのである。

と、そのとたん、パッと電気がついてあたりは明るくなったが、ただ、大シャンデリアだけは、いまのさわぎで線が切れたのか、電気は消えたままである。と、このときである。進の叫び声がホールじゅうにひびきわたった。

「あっ、アリ殿下のルビーがない！　そ、そして、藤川外務大臣は、どこへ行ったのだ」

進の叫び声に、一同がハッとふりかえると、なるほどアリ殿下のターバンには、もうかがやけるルビーはなかった。

しかも、ホールの中央の池のほとりに、だれやら倒れているではないか。それはどうやら藤川外務大臣らしかった。

吹田老看守

アリ殿下とふたりの従者、モハメットとイブダラーには、むろん、日本のことばはわからない。

しかし、探偵小僧の御子柴進が、

「あっ、アリ殿下のルビーがない」

と、大声で叫んで指さした手つきから、はっとそれに気がついたのだろう。殿下はターバンのまえをおさえ、モハメットとイブダラーのふたりは、はじかれたように殿下のほうをふりかえった。

ターバンのまえをおさえた殿下の顔には、サッと怒りの色がもえ、なにやら口走ったことばの意味はわからないにしても、それが不愉快な気持ちを爆発させたものであったことはまちがいない。

モハメットとイブダラーのふたりの大臣も、石炭のような目を怒りにふるわせ、殿下のターバンを指さしながら、なにやら大声にわめきたてる。

さあ、たいへんだ。日本のお金のねうちにすると、数千万円はするだろうという、アリ殿下のルビーがぬすまれて、しかも、そこには藤川外務大臣が倒れているのだ。

大ホールのなかは、いっしゅん、シーンと水をうったようにしずまりかえった。みんな顔を見合わせながら、心配そうにアリ殿下と、床に倒れた藤川外務大臣を見くらべているのである。

そのとき、とつぜん、ホールの外から、

「アッ、いけない！　ジュピター！」

と、かんだかい由紀子の声がきこえてきたかとおもうと、ジャラジャラとくさりの音をさせながら、矢のようにとんできたのはジュピターだ。

床に倒れた藤川外務大臣のそばへとんでくると、

「ウ、ウ、ウ、ウウ、ウ、ウ、ウ！」

と、ものすごいうなり声をあげながらジュピターは、床をかいたり、その周囲をとびまわったりする。そのようすがただごとではない。

ああ、そうすると、やはり藤川外務大臣が、まぼろしの怪人なのだろうか。

しかし、さっき由紀子もいったように、池上社長や等々力警部に変装したまぼろしの怪人は、一メートル七〇もある大男だった。それにはんして、そこに倒れている藤川外務大臣は、小がらでやせぎすなひとではないか。

「ウ、ウ、ウ、ウウ、ウ、ウ、ウ」

ジュピターがたけりくるったように、藤川外務大臣のまわりをとびまわっているところへ、サッと走りよったのは三津木俊助だ。ジュピターのくさりの端を手にとると、

「ジュピター、ジュピター、いい子だ、いい子。さあ、おとなしくしておいで」

と、あたりを見まわすと、進に目をつけて、

「おい、ボーイくん、なにをぼんやりしているんだ。こっちへきて、ジュピターのくさりをとらないか」

「はい」

ボーイに化けた探偵小僧は、わざとおっかなびっくりみたいなふりをして、三津木俊助のそばへよると、いかにもこわそうにくさりをにぎった。そこへ由紀子もやってきて、ふたりでジュピターをなだめにかかる。池上社長もそばへやってきた。

三津木俊助はたおれている藤川外務大臣を抱きおこしたが、なんと、そのとたん口ひげとあごひげが、ポロリと顔からおちたではないか。

「アッ!」

と、一同はおもわず息をのみ、ジュピターがまた前足をふんばってうなった。

三津木俊助は藤川外務大臣の顔から、つのぶちのめがねをはずしたが、ひとめその顔を見ると、おもわず、

「アッ!」

と、おどろきの声をあげた。

「三津木くん、きみ、この男をしってるのかい」

意外にも藤川外務大臣がにせものだったので、池上社長もおどろきの目を見張っている。

「ええ、知っています」

「だれ……？」

「吹田老看守です」

「吹田老看守って？」

「ほら、まぼろしの怪人の脱走を助けた看守です」

「アッ！」

と、探偵小僧の御子柴進は、ジュピターのくさりをもった手をにぎりしめる。

ああ、それではジュピターがこのひとにむかってほえるのもむりはない。探偵小僧の御子柴進は、まぼろしの怪人の着て逃げた、このひとの制服をさんざんジュピターにかがせたのだ。その制服にはまぼろしの怪人より、吹田老看守の体臭のほうがつようつっていたにちがいない。

「ちくしょう、ちくしょう！」

と、進はくやしそうに、こぶしをにぎって歯ぎしりをする。

まぼろしの怪人は探偵小僧の御子柴進が吹田老看守の制服を、ジュピターにかがせているところをみていたにちがいない。そこで吹田老看守をこの席へおびきよせて、ジュピターのきゅう覚からのがれようとしたにちがいない。

そういえば、さっき、吹田老看守の、催眠術でもかけられたような目。……そうだ、そうだ、無電で送られた進の声にさえ、暗示にかかる吹田老看守だ。きっと、まぼろしの怪人に催眠術をかけられて、藤川外務大臣に変装させられて、なんにもしらずにこのホテルへやってきたのにちがいない。

「三津木くん、そのひとは死んでいるのかね」

「いや、死んでいるのではありません。たおれたひょうしに、つよく後頭部をうって、脳しんとうを起こしているらしいんです。ボーイくん、水をいっぱいくれたまえ」

「ハッ！」

ジュピターのくさりを由紀子にわたすと、進が卓上の水びんから、コップに水をうつしてわたす。三津木俊助がくいしばった歯のあいだから、むりやりに水をなかへたらし

こむと、

「ウウム」

と、うなった吹田老看守。

「紅《あか》い……露。……紅い露」

と、妙なことをふたことつぶやいたかとおもうと、またがっくりと気をうしなった。

「ええ？　なんだと……きみ、きみ、吹田さん、いま、なんといったの？」

三津木俊助ははげしく吹田老人をゆすぶったが、あわれな吹田老人は前後不覚で、きゅうに高いいびきをかきだした。

「アッ、いけないボーイくん、支配人をよんでくれたまえ、支配人を……」

このような病人が、急に高いいびきをかきだすことは、たいていよくない前兆なのである。

探偵小僧の御子柴進は、あわててあたりを見まわしたが、支配人のすがたはどこにも見えない。そういえば川口支配人は、電気がついたじぶんから、すがたが見えなかったのである。

「三津木さん、支配人のすがたが見えません。ぼく、ちょっとさがしてきます」

と、進が大ホールからかけだそうとしたときである。ホールの外側がにわかにそうぞうしくなったかとおもうと、なんと手錠をはめられてやってきたのは、さっきの道化服の怪人ではないか。そばには等々力警部のひきいる警官隊や、ホテルの従業員がおおぜいっている。

「三津木くん、とうとうまぼろしの怪人をつかまえたぞ。われわれはここの支配人にたのまれて、宵《よい》から、ひそかにホテルのあちこちに張りこんでいたんだ。そして、支配人のへやへ逃げこもうとしたこの怪人を、まんまとつかまえたのだ」

等々力警部は大得意だが、そばでは道化服の怪人が、いまにも泣きだしそうな顔をして、

「ちがいますよ、ちがいますよ。まぼろしの怪人だなんて、とんでもない。わたしはただ支配人にやとわれて……」

「ば、ばかなことをいっちゃいけない。だれがひとをやとってまで、あんなさわぎをやらかすもんか」

「いいえ、ほんとなんです。ほんとなんです。わたしはサーカスの曲芸師なんです。それがきのう、ここの支配人がお見えになって、アリ殿下歓迎の余興に、ひとつはなれ業をやってくれとたのまれたんです。うそだと思うなら、サーカスの仲間にきいてください。わたしのサーカスはミヤタ・サーカスといって、いま池袋《いけぶくろ》でやってます。わたしはミヤタ・サーカスのピエロで、ヘンリー松崎というもんです」

ピエロの怪人は、手錠をはめられたままポロポロ涙をこぼしている。

三津木俊助はハッとしたように、

「ボーイくん、なにをぐずぐずしているんだ。はやく支配人をよんでこないか」

「はあい！」

と、叫んだ探偵小僧の御子柴進、すっとぶようにホールを出ると、支配人のへやへやってきたが、ここにも支配人のすがたは見えない。

「川口さん、どこへいったのかな」

つぶやきながら、へやを出ようとした進は、とつぜん、ギョッとしたように立ちすくんだ。

へやのすみにある洋服ダンスのなかから、なにやら怪しいうめき声。……

二人支配人

探偵小僧の御子柴進は、ギョッとして床のうえでとびあがった。

きこえる、きこえる。洋服ダンスのなかでガタガタと、なにかが身動きするような音。それにまじって、低い、苦しげなうめき声。

進も、おもいがけないこととて、いったんはギョッとおどろいたが、すぐ気をとりなおすと、ぬき足、さし足、そっと洋服ダンスのそばに近よった。

「だれだ、そこにいるのは！」

と、進が声をかけると、それに答えるかのように、なかではガタガタとからだをゆすり、うめき声がいよいよ高くなる。

進はドアのハンドルに手をかけると、グッと腹の底に力をこめた。それから、グイとドアをてまえへひくと、そのとたん、洋服ダンスのなかからころがりでたのは、頭がたまごのようにツルツルはげて、ビールだるのようなおなかをした男、いうまでもなく川口支配人である。

川口支配人はメリヤスのシャツにズボンというすがたで、身動きができないほど手足をしばられ、ごていねいにさるぐつわまではめられている。

「あっ、川口さん！」

進がかけよって、さるぐつわをはずし、ナワをとくと、

「あっ、ありがとう、探偵小僧！」

と、川口支配人は八字ひげをつくろいながら、

「ちくしょう、ひどいめにあった」

と、きゅうくつな洋服ダンスのなかに押しこめられていたので、手や足の関節が痛むのか、しきりにてのひらでもんでいる。

「川口さん、あなたはいつごろから、この洋服ダンスのなかにいたんです」

「いつごろからって、夕方の六時ごろだ。そろそろアリ殿下の宴会がはじまるというので、このへやへ、きがえにきたところ、だしぬけに、へやのなかにかくれていた悪者におそわれて……」

「あっ、それじゃ、川口さんはアリ殿下の宴会には出なかったんですか」

「出るもんか。きがえにきたところをうしろから、こん棒みたいなものでぶんなぐられて、それきり気をうしなってしまったのだ」

しまった！　しまった！

それじゃ、今夜アリ殿下のそばについていた支配人こそ、まぼろしの怪人だったにちがいない。

探偵小僧の御子柴進は、それよりちょっとまえにこの支配人のひげをひっぱって、にせものでないことをたしかめたのだが、それからのちに、みごとまぼろしの怪人が、川口支配人に変装したのだ。

川口支配人は洋服ダンスのなかから洋服をだしてきながら、

「それからおれが気がつくと、こんなすがたで洋服ダンスのなかに入れられていたのだ。きみのきようがおそかったら、おれはこのなかで窒息《ちっそく》して死んでいたかもしれない。ありがとう、ありがとう。しかし、探偵小僧、今夜、なにかまちがいがあったのでは……？」

いそがしくネクタイをむすびながら、川口支配人は心配そうである。

「ええ、川口さん、まぼろしの怪人は、あなたに化けていたのです」

「なんだと？　おれに化けていた？」

「そうです、そうです。そして、アリ殿下の宝石がぬすまれたんです！」

「なに、アリ殿下の宝石がぬすまれたあ？」

「そればかりではありません。藤川外務大臣が殺されかけたのです」

「な、な、なんだって？　藤川外務大臣が殺されかけた？」

「ところが、その藤川外務大臣はにせものだったんです」

「な、な、なにをいってるんだ。探偵小僧、おまえのいってることはさっぱりわからん」

「わからなくても、そのとおりです。ところで、川口さん、あなたミヤタ・サーカスのピエロ、ヘンリー松崎というひとをたのんだことがありますか」

「なんだいヘンリー松崎というのは？」

「だから、ミヤタ・サーカスのピエロです」

「ミヤタ・サーカスのピエロとはなんだ」

「あなた、ほんとにそんなひと、しらないんですか」

「しらん、しらん、探偵小僧、おまえのいうことはさっぱりわからん。ああ、頭が痛い……」

やっと洋服をきおわった川口支配人は、進といっしょにホールへ走っていったが、そのすがたをひとめみるとピエロの怪人は、

「アッ、このひとです。このひとです。わたしをやといに、サーカスへきたのは……」

と、手錠をはめられた手で川口支配人を指さした。

殿下の怒り

「な、な、なんだと？」

だしぬけに妙な男に指さされて、川口支配人はびっくりしたように、二、三歩うしろへとびのいた。

「おまえはなんだ」

「なんだじゃありませんよ。支配人、ミヤタ・サーカスのピエロ、ヘンリー松崎じゃありませんか」

「しらん、しらん、そんな男はしらん」

「そんなことおっしゃらないで、正直にいってくださいな。わたしゃ、いま、つまらない疑いをうけて、こまってるんです。今夜のアリ殿下の宴会の余興として、ひとつ曲芸をやってくれって、あなたがわたしをやといにきたんじゃありませんか。そして、さっきもあの天井裏へ、わたしをつれていってくれたじゃありませんか」

「しらん！　しらん！　わしはいっさいそんなことしらん！」

「なんだと？」

「わしにはそんなおぼえはない」

「なにを！　やい、このおいぼれ、とうへんぼく、きさま、それじゃこのおれを……」

ピエロの怪人が、にわかにあばれだしたので、等々力警部をはじめとして、二、三人の私服の刑事が、あわててそれを抱きとめた。

探偵小僧の御子柴進があたりを見まわすと、アリ殿下とふたりの大臣のすがたが見えない。それのみならず三津木俊助や池上社長、それから吹田看守のすがたもみえなかった。

それに反して、いつやってきたのか、たくさんの警官が、ぐるりと大ホールを包囲して、ひとりものがさじといきごんでいる。包囲されたお客さんたちは、あちこちにひとかたまりになって、不安そうにひかえている。

「警部さん、警部さん」

と、進は等々力警部にささやいた。

「まぼろしの怪人は支配人に変装していたんです。さっきここにいた支配人が、まぼろしの怪人だったんです。ほんものの支配人は、洋服ダンスのなかにおしこめられていたんです」

「なんだと……？　探偵小僧、そ、それはほんとうか」

「ほんとうです。ですから、はやくにせものの支配人をさがしてください」

進の注意によって、それからただちに、ホテルのなかの大捜索《だいそうさく》がおこなわれたが、にせものの支配人、すなわちまぼろしの怪人は、とっくの昔に逃げていて、もはやどこにもすがたはみえなかった。

三津木俊助と池上社長は、意識不明の吹田老人を、べつのへやにつれこんで、医者に診察をしてもらったが、医者は心配そうに小首をかしげた。

「死ぬようなことはありますまいが、そうとうひどく後頭部をうっておりますから、ひょっとすると……」

「ひょっとすると……？」

「このまま正気にかえらないかもしれません」

「正気にかえらないかもしれないというと、このままになってしまうと……？」

「ええ、そう、その恐れがたぶんにあります。なおるとしても、そうとうひまがかかりましょう」

医者が小首をかしげたときだ。

それまで大いびきをかいていた吹田老人がまたうわごとのようにつぶやいた。

「紅い露……紅い露……」

それをきくと池上社長と三津木俊助、それからいましもかけつけてきた探偵小僧の御子柴進と、由紀子は、おもわず顔を見合わせた。

「紅い露……紅い露とはなんだろう」

「さっきもそんなことをいいましたね」

四人の男女はふしぎそうに顔を見合わせた。

それはさておき、その晩以来、アリ殿下はたいそうなふきげんだった。それもむりはない。好意をもってやってきた日本で、たいせつな宝石をぬすまれたのだから、おおこりになるのもむりはなかった。

もし、一週間のうちに宝石がかえってこなかったら、石油の採掘権はぜったいに日本へ渡さぬと、ふんまんのほどをぶちまけられた。

心配したのは藤川外務大臣だ。外務大臣はあの晩、急にほかに重大な用件ができて、出席できぬむねを六時ごろ、川口支配人に電話したのだが、その電話をきいたのはにせ支配人、すなわちまぼろしの怪人だった。

まぼろしの怪人は、これさいわいと、ジュピターのきゅう覚をごまかすつもりで、とらえておいた吹田老人に催眠術をかけ、藤川外務大臣に変装させて、秘書に化けた部下といっしょにやってこさせたのだ。

それよりさき用心ぶかいまぼろしの怪人は、川口支配人に化けて、ミヤタ・サーカスから、ピエロのヘンリー松崎をやとっておいたのだ。そして、あの大曲芸のさわぎにまぎれ、まんまとルビーをぬすみとったのだが……。

紅い露

今夜はアリ殿下の宴会のあった夜からかぞえて、ちょうど一週間目である。

もし、今夜のうちに、あのルビーがかえってこなければ、アリ殿下はふんぜんとして日本をたち、石油の採掘権は永久に日本の手には渡らないのだ。

藤川外務大臣をはじめとして、日本政府の心配をしるかしらぬか、あの宴会のあったニッポン・ホテルの大ホールは、いまほの暗いやみのなかにしずかに息づいている。

ホールの中央の池のなかには、スイレンの花がいま花べんをとじて、やすらかな眠りに落ちているよう。池のなかでポチャリと音がしたのは、コイでもはねたのであろうか。

このホールの周囲の壁には、ところどころ、西洋のよろいかぶとが立っていて、まるで、人間が壁にもたれているようである。よろいかぶとは五体あった。

午前二時。

ホテルがしんと寝しずまったころ、とつぜん、西洋のよろいかぶとのひとつがガチャリと動いた。と、思うと、またガチャリと怪しい音をさせて、そのよろいかぶとのなかからでてきたのは、なんとホテルの従業員の制服をきた男ではないか。

男はキョロキョロあたりを見まわすと足音もなく、小走りにホールをよこぎり、入り口のところで、ボタンを押すと、パッとあかりがついたのは、天井の大シャンデリア。あかりがついたのはそれだけで、あとの電気は消えたままである。

大シャンデリアのあかりがつくと、男はまた足音もなく、中央の池のほとりへかえってきた。

そして、このあいだ吹田老人が倒れていた、床のあたりにひざまずくと、じっと池のなかをにらんでいる。

一しゅん、二しゅん……ああ、なんといままでしずかな眠りをつづけていた白いスイレン、紅いスイレンの花びらが、しずかにひらきはじめたではないか。

ああ、わかった、わかった。

特殊栽培によるこのスイレンは、天井の大シャンデリアの光線によって、花べんをひらいたりとじたりするのだ。すなわち、大シャンデリアのあかりがつくと花べんをひらき、それが消えると花べんをとじるのである。

それはそうとう時間がかかった。とじるのもひらくのも、そうとうながくかかるのである。

池のふちにひざまずいた怪しい男は、スイレンの花べんがひらくのを、いかにももどかしそうににらんでいる。そして、おもいだしたように、ときおりキョロキョロあたりを見まわした。しかし、さいわい深夜の二時過ぎ、だれもホールの大シャンデリアが、こうこうとついていることには気がつかぬらしい。

ああ、とうとう、スイレンの花びらがパッとひらいた。

怪しい男は、白いスイレンの花のなかを、ひとつひとつのぞいていたが、とつぜん、うれしそうな叫びをもらした。

ああ、見よ。池のふちにパッとひらいた白いスイレンのなかに、それこそ紅い露のようにだかれているのは、みごとな大つぶのルビーではないか。よろこびのうめきをあげたくせ者が、そのスイレンにむかって手をのばそうとしたとき、

「おきのどくさま、まぼろしの怪人」

と、とつぜんうしろで声がした。

「なにを！」

と、ふりかえったくせものの手には、はやピストルがかまえられている。

「アッハッハ、そのルビーはにせものだよ。由紀子さんが紅い露ということばのなぞをといたのだ。だから、ルビーは、宴会の晩、ちゃんとアリ殿下にかえっていたのだ。しかし、きみをおびきよせるために、わざと新聞には殿下がおおこりのように書いておいたのだ。アッハッハ、さあ、そのピストルをすてたまえ」

ああ、その声は西洋のよろいのひとつからきこえるではないか。くせものはそれをきくと、一発、二発とピストルをぶっぱなしたが、かたいよろいにピストルのたまも通らない。

しかも、ああ、なんということだ。くせ者のぬけだしたよろいをのぞいて、あとの四つのよろいが四方から、ガチャリ、ガチャリとこちらのほうへ、あみの目をちぢめるようにせまってくるではないか。

くせ者はむちゅうになって、三発、四発、五発、六発とぶっぱなしたが、とうとうたまがつきてしまった。

たまがつきたとみるや、ふたつのよろいのなかからとびだしたのは、三津木俊助と等々力警部。逃げようとするくせ者を、なんなくふたりがとりおさえたとき、あとから、よろいをぬぎすててとびだしたのは、進と川口支配人。

進はひとめくせものの顔をみるや、

「ちがう、ちがう、これはまぼろしの怪人じゃない。まぼろしの怪人の部下のひとりです！」

その男こそ、いつかサンドイッチ・マンをつかって、探偵小僧をおびきよせ、怪放送をさせた男だった。

こうして、まぼろしの怪人こそとらえそこなったが、アリ殿下のルビーはとっくの昔に殿下のもとにかえっていたのである。

あの晩、川口支配人に化けた怪人は、電気が消えたくらがりに、ヘンリー松崎があわれて一同をおどろかしているすきに、すばやく殿下のルビーをぬすみとったのだ。そして、逃げるとき、吹田老人を押したおしたが、そのはずみに手にしたルビーがすっとんで白いスイレンの花べんのなかへすべりこんだのだ。

吹田老人は気をうしなう直前に、スイレンのなかにキラキラと、紅い露のように光るルビーをみたのである。それというのが池の周囲に張りめぐらされた蛍光燈は、スイッチを切ってからも、しばらくはほのかな光をたもっているからである。

さすがに由紀子は、やさしい少女である。紅い露という吹田老人のうわごとから、スイレンの花を連想した。そして、その夜のうちに大シャンデリアがともされて、スイレンの花が調べられ、ぶじに殿下のルビーが発見されたのである。

殿下はいたく由紀子の機知をほめられた。そして、近く殿下と藤川外務大臣とのあいだに、石油採掘権の譲渡《じょうと》について、調印式がおこなわれるはずであるが、その席には、由紀子がマスコットとして、つらなるということである。

吹田老人の容態は思いのほかにかるかった。老人が紅い露を見ておいてくれたからこそ、殿下のルビーがかんたんに取りかえされたのだと、外務大臣から感謝状が送られた。

吹田老人は看守をやめ、新日報社の倉庫番として働くことになっている。

それにしても、まぼろしの怪人はこのままおとなしくしているだろうか。つぎは、いったい何をしでかすのか……。

第3章　まぼろしの少年

花火見物

「ああら、きれい！」

「ワッ、すてき！」

「光のきょうえん、星のパラダイスというところだわね」

「アッハッハ、由紀子は女流詩人だね」

「光のきょうえん、星のパラダイスはよかったね。アッハッハ」

「まあ、憎らしい、パパも三津木さんも……あたし、もう口をきかないわ」

プッとふくれっつらをしてみせたのは新日報社の社長、池上三作氏のひとり娘由紀子である。

今夜は両国の川びらき。江戸時代からながくつづいているこの行事は、いまも昔とかわりなく毎年盛大におこなわれる。

ポン、ポンと、いせいよく夜空に花火が花ひらくたびに、両岸からワッとあがる歓声、どよめき、ときめきの声。この夜の花火見物の群集は、十万をこえたと翌日の新聞に報じられていた。

それだけに陸にはひとの山をきずき、川の上には涼み船がえんえんとしてつづいていた。

そのおびただしい舟のなかに池上社長のしたてた屋形船《やかたぶね》が、一そうまじっていたのである。場所は両国橋よりちょっと川下、屋形の軒につるした岐阜《ぎふ》ぢょうちんが、いかにもすずしげである。

屋形のなかをのぞいてみると、池上社長に三津木俊助、社長の令嬢由紀子に、探偵小僧の御子柴進。おとなはビールをくみかわし、由紀子と進は、ジュースのストローをすいながら、心は夜空にはせている。

「ああ、きれいだ、由紀子、ほら、ほら、ごらん、花から花へとひらいていくよ。ほんとに光のきょうえんだよ」

そのとき、両国の上空では、ポン、ポン、ひっきりなしに花火の音が爆発して、花火から花火へと連続的に展開していく。

由紀子はストローを口にしたまま、上目づかいに花火を見ていたが、

「フッフッフッ」

と、笑ったきりでなんにもいわない。さっき口をきかないと宣言したてまえ、うっかりしたことはいえないのである。

「アッハッハ、由紀子さんは強情だなあ。ほら、ほら、また、星のパラダイスだよ」

「しらない！　三津木さんの意地悪！」

「アッハッハ、とうとう口をきいた、きいた。由紀子さんは案外意志薄弱ですね」

と、進がからかえば、池上社長がプッとふきだした。

「アッハッハ、口をきかなければ強情だといわれるし、口をきけば意志薄弱だとからかわれるし、これじゃ由紀子もかなわないな」

「そうよ、どうせ三津木さんや御子柴さんにはかないません。プン、プン」

「アッハッハ」

と、池上社長の屋形船のなかは、まことになごやかな空気があふれていたが、そのとき、探偵小僧の御子柴進が、

「アッ、あのさわぎはなんだ！」

と、だしぬけに、舟べりからからだをのりだしたので、舟が大きくグラリとゆれた。

「あら、だめよ、御子柴さん、そんなに乱暴なまねをしちゃ……」

と、由紀子は悲鳴をあげたが、それでも川岸のさわぎに気がついて、

「ほんとうにどうしたんでしょうねえ。けんかかしら」

と、小首をかしげた。

しかし、それはけんかではなかった。ありようをいうと、こうである。

さる事件の容疑者をつかまえた刑事が警察へつれていく途中、この花火見物の群集のなかにまぎれこんだのである。この容疑者にはまだ手錠《てじょう》がはめてなかった。まだ、はっ

きりと犯人ときめるわけにはいかなかったからである。それに、この群集のなかへまぎれこむまで、容疑者はいたっておとなしかったからである。

ところがこの群集のなかへまぎれこみ、刑事がいっしゅん、空の花火に気をうばわれたすきをみて、容疑者は捕縄《ほじょう》をとった刑事の手をふりほどき、相手のからだをつきとばすと、いきなり川岸につないだ舟のなかへとびこんだのである。

「アッ、しまった！　そいつをつかまえてくれ、そいつは重大事件の容疑者なんだ！」

刑事が川岸から叫んだそのときには、すでに体勢を立てなおした容疑者は、うろたえさわぐ舟のなかの客をしりめに、つぎの舟へとびうつっていた。

なにしろすきまなく並んだ舟の行列である。

容疑者はつぎからつぎへとイナゴのように、舟をつたってとんでいく。

ダイヤモンド

「あら、どうしたの。さわぎはだんだんこっちへ近づいてきてよ」

「社長、なにがあったんでしょう。ほらこんどはあの舟がさわぎだした」

「やあ、やあ、おもしろいな、こっちへさわぎがうつってくればいいなあ」

「いやよ、御子柴さん、うす気味悪い。あら、いやよ、いやよ」

と、由紀子が顔をふせたのは、さわぎがとなりの舟までうつってきたからである。さすがに探偵小僧の御子柴進も、ギョッとしたように息をのんだがそのとたん、バタッと音がして、舟が大きく前後にゆれた。だれかが屋形船の屋形の外へとびこんできたのである。

「だれだ!」

と、三津木俊助の大喝一声《だいかついっせい》、一同が屋形の外をのぞいてみると、そのとき舳《みよし》からむくりと起きあがったのは、ギャバのズボンに開襟《かいきん》シャツの男である。

と、そのとたん、パッと夜空に花火がひらいて、男の顔がくっきりと光のなかにうきあがった。が、みるとそれはまだ十七、八の少年である。

色白の、上品な顔立ちをした、どこの貴公子かとおもわれるばかりの美少年だったが、みると腰に捕縄がまきついている。

「だれだ! きみは……」

三津木俊助が腰をうかしかけたとき、

「ごめんなさい、失礼」

と、かるく一礼したかとおもうと、サッと身をおどらせて、二メートルほど先にうかんだ舟のなかへとびうつった。

「待てえ!」

と、三津木俊助が、舟べりから身をのりだしたとき、

「あれえ、助けてえ!」

と、となりの舟のさわぎをしりめに、ふしぎな美少年は、はやもうひとつ先の舟へとびうつり、それからさらにイナゴのように、舟から舟へとんでいく。

「まあ、いまのひと、なんでしょうねえ」

「腰に捕縄がまきついていたね」

「護送中の犯人が逃げだしたんでしょうかねえ」

「でも、あのひと、悪いひととは思えないわ。なんだか悲しそうな目つきをしていたじゃない？」

「そういえばそうだったよ。まちがって容疑者にされたのかもしれんな」

と、池上社長も由紀子の説に同意した。

こうして花火もよそに池上社長と三津木俊助、それに由紀子の三人が、くちぐちにいまの少年について意見をのべあっているなかにあって、探偵小僧の御子柴進だけは、なにやら指につまんだ小さなものを、夢中になってながめている。

「探偵小僧、どうしたんだい？　なにをそんなに熱心にみているんだい」

「み、三津木さん！」

と、進は、興奮にほおをまっかにそめて、

「こ、これ、ダイヤモンドじゃないでしょうかねえ」

「ダ、ダイヤモンド……？」

一同がギョッとして、探偵小僧の手にしたものに目をやると、

「ええ、いまここに落ちていたんです。ちょっとみてください。これ、ガラスじゃないようです」

「どれ、どれ、ダイヤモンドがまさかこんなところに……」

と、三津木俊助が手にとってみると、それはダイヤとすると、ゆうに二カラットもあろうという、大つぶのきれいなたまである。

三津木俊助は岐阜ぢょうちんの光にかざして、ながめつ、すがめつしていたが、

「社長、こ、これはやっぱりほんもののダイヤらしいですぜ」

「どれ、どれ、わしにかしてみたまえ。ほんもののダイヤかダイヤでないか、ここでひとつためしてみよう」

池上社長はポケットから、金側の懐中時計をとりだすと、パチッとふたをひらいた。そしてそのたまを指でつまんで、時計の上をつよくなでると、ガラスは線をひいたようにきれた。

「あっ!」

一同はおもわず顔を見合わせて、

「それじゃ、これ、やっぱりほんもののダイヤモンドですね」

「ほんものとすると、これ、たいへんなねうちもんだぜ。ゆうに二カラットはあるからな」

「御子柴さん、これ、どこに落ちていたの」

「ここんところに……さっきの男の子が落としていったんじゃないでしょうか」

「まさか、捕縄をかけられているくらいだもの。そのまえに身体検査くらいはされたろうよ」

「しかし、三津木さん、ぼくがそのダイヤをひろったときには、なんだか、ねばねばしたものでぬれていたんです。ですから、口のなかにかくしていたんじゃないでしょうか」

「まあ！」

進のことばがほんととするると、やっぱりそうなのかもしれない。

「そういえば、あそこでバッタリうつぶせになったとき、アッと小さく叫んだわね」

「そうだ、そうだ、そのとき口からとびだしたのにちがいない。そうでなければこんなところに、ダイヤが落ちているはずがありませんもの」

進のことばはもっともである。

一同はまたギョッとしたように、顔を見合わせずにはいられなかった。

宝石どろぼう

花火がおわって、あのおびただしい見物人もうしおの引いたように散っていくと、さきほどまでのさわぎがさわぎだけに、両国かいわいは、にわかにさびしくなってきた。おまけにポツリ、ポツリと雨。

浅草蔵前《あさくさくらまえ》にある貸しボート屋の千鳥《ちどり》では、店員がボートのかずを勘定《かんじょう》しながら、

「大将、どうしてもボートが一そうたりません。こんなに雨が降ってきたのに、いったいどうしたんでしょうねえ」

「そうさなあ、まさか乗り逃げはしやあしない。いったい、何号がたりないんだい？」

「こうっと……ああ、十八号ですよ」

「十八号はどんな客だったい？」

「さあ、それがよくおぼえていないんですが……なにしろ、今夜はあのとおりのお客さんでしたから」

しかし、そばから女店員が、

「あら。十八号のお客さんならおぼえてるわ。鳥打ち帽に大きな黒めがねをかけ、半そでの開襟シャツに、ゴルフパンツをはいたひとよ。そうそう、マドロス・パイプを口にくわえていたわ」

「ああ、あの客、あれが十八号だったの？」

「ええ、そうよ。今夜のお客さん、みんなふたりづれか三人づれだったのに、あのひとだけがひとりだったのでおぼえてるの。あたし、おひとりですか、ときいたくらいだもの」

「おい、安本、メガホンで呼んでみろ」

安本店員はメガホンを口にあてて、

「おうい、十八号はいませんか。時間がだいぶん超過しましたよう」

と、川にむかって叫んだが、それにたいして応答はなかった。しかも、雨はザアザア本降りになってきた。

貸しボート十八号が帰ってこなかったのもむりはない。駒形《こまがた》の川岸につながれてユラユラ水にゆれていたのである。

十八号が帰ってこないのに気がついたときより半時間ほどまえ、
薄暗い両国の川岸を通りかかったタクシーが黒めがねの男によびとめられた。

みると、鳥打ち帽子に黒めがねの男はもうひとりの男を小わきにかかえこんでいる。

「だんな、どうしたんですか。そのひとは……？」

タクシーの運転手は、うしろの客席のドアをひらきながら、ふしぎそうにたずねた。

「なあに、花火の客によったんだよ。なにしろたいへんな人出だったからな」

「おお、人にあたったんですか。アッハッハ。いや、よくあることですね」

黒めがねの男は小わきにかかえた男を抱いて、自動車に乗りこむと、

「銀座まで」

と、かんたんにひとこといった。

黒めがねの男のそばに、ぐったりと気をうしなっているのは、まぎれもなく、さっき舟から舟へとさわがせた、あのふしぎな美少年である。

「ときに、だんな、今夜の川開きにゃたいへんなショーがあったってえじゃありません

か」

「ショーってなんだい？」

「いや、護送中の犯人が刑事をつきとばして川へとびこみ、義経《よしつね》の八そうとびどころじゃねえ。舟から舟へと、ピョンピョコ、ピョンピョコ、イナゴみたいにとんで逃げたってじゃありませんか」

「ああ、そうか。そういえばなんだかさわいでいたようだな」

と、黒めがねの男は、そばで気絶している、ふしぎな美少年をじろりと横目でみて、

「あれ、護送中の犯人が逃げたのかい」

「ええ、そうだって話ですよ」

「犯人てなんの犯人だい？」

「さあ、それが、よくわからないんですよ。人殺しの犯人だっていうひともあるし、宝石どろぼうだっていうひともいますし……」

「宝石どろぼう……？」

黒めがねの男の目が、黒めがねの奥でギロリと光った。

「ええ、なんだかそんなことをいってますねえ」

「それで、それ、いくつぐらいの男だい？」

「さあ、それがまた、まちまちなんです。四十くらいの男だというやつがいるかと思うと、いや、もっと年よりだというのもいる。そうかとおもうと、なあにまだ、ほんの小

僧っ子だったといってるひともあるんです」

「そうだな、こんなときにゃ、なにがなんだかわからないもんだ。しかし、宝石どろぼうだとすると小僧っ子ってことはあるまい。もうそうとうの年輩だろう」

「そうですねえ。人殺しなら小僧っ子でもやりますね。ちかごろは……」

「しかし、人殺しの犯人なら、護送するのに手錠をはめるだろう」

と、いってから黒めがねの男は、ちょっとあわてたように、

「それ、手錠はめてあったの？」

「さあ、そこまではききませんでしたが、手錠をはめられてちゃ、なんぼなんでも義経の八そう飛びはできませんね」

「そうすると、やっぱり宝石どろぼうのほうかな」

黒めがねの男の目がまたギロリと、黒めがねの奥でするどく光った。

怪人のかくれ家

ふしぎな美少年をつれた、黒めがねの男の行動も、これまたいたってふしぎであった。銀座裏の薄暗いところでタクシーをおりると、ふしぎな美少年を抱いて、小走りにくらい横町を抜けて、べつの通りへ出たときは、もう、黒めがねもとり、鳥打ち帽子もかぶっていなかった。

ふしぎな少年を小わきにかかえて、歩道に立っていると、よびもしないのにタクシーのほうからよってきた。

ふしぎな男は、ふしぎな美少年を抱いて、自動車へのりこむと、

「牛込《うしごめ》まで」

と、かんたんに命令する。

自動車はすぐ走りだしたが、

「だんな、そのお子さん、どうかしたんですか。どこかご病気でも……」

運転手がバック・ミラーをのぞきこみながら、ふしぎそうにたずねる。

「なあに、酒に酔っぱらってるんだよ。子供のくせに、したたかウイスキーをあおったもんだからな」

「ああ、そう、なかなかお元気ですね」

「元気はいいが、すこし元気すぎるよ。帰ったら、うんとしかってやらなきゃ……」

「あんまりおしかりにならないほうがいいですよ。しかるとかえってぐれますよ」

「そうかなあ。なにしろ、大学の入学試験に落ちてから、すっかりやけになってね。それに、悪い友だちがいるもんだから」

「それはおかわいそうに。悪い友だちは困りますが、入試に落ちたんならいたわってあげなきゃ……わたしのしりあいのお嬢さんで、入試に落ちて自殺したのがありますからね」

「自殺されちゃたいへんだ。これでもいなかの兄きからあずかってる、たいせつなおいごだからな」

と、ふしぎな男は口から出まかせをいっている。

やがて自動車が牛込のお屋敷町につくと、とある門のまえへ自動車をとめておりたが、その門のなかへはいっていくのかと思っているとそうではない。

ふしぎな美少年をかかえたまま、門柱のベルを押すまねをして立っていたが、タクシーがむこうへいってしまうと、また少年を抱いて、すたすた大またに歩きだした。

そして、べつの大通りへ出ると、またタクシーを呼びとめてのりこんだ。

「池袋へ」

こんどのタクシーの運転手は、すこし鈍感《どんかん》らしく、ふしぎな男がふしぎな少年をひきずるように、

「おい、康雄《やすお》、しっかりしないか。いやにめそめそしやあがって」

と、しかりつけるようにいって、自動車へのりこんでも、べつにふしぎとも思わないらしかった。そして、さっきの二台の運転手とちがって、ふしぎな男に声をかけようともしなかった。

「池袋はどちらへ?」

「立教の正門のまえだ」

やがて、立教の正門のまえを通りすぎて、少しいったところを横町に曲がると、

「ああ、そこだ、そこだ」

それはそうとうりっぱな洋館の門のまえだった。

そして、こんどはまちがいなく、その洋館の門のなかへはいっていった。

玄関のベルを押すと、なかからドアをひらいたのは、四十くらいの目つきのするどい男である。

「あっ、大将、その小せがれはどうしたんです」

「なあに、隅田川《すみだがわ》からひろってきたのよ」

「なあんだ、川開きにいってたんですか」

「ああ、そう、あのいまいましい、新日報社の社長の一味が花火見物に出かけるときいて、ちょっとようすを見にいったんだが、おかげでこんなえものをひろってきた」

「なんです？　その小せがれは……？」

「ところが、まだなんだかわからないんだ。アッハッハ、とにかく用心しろ」

ふしぎな男はふしぎな少年を、奥の一室に抱きこむと、ドアにピンとかぎをかけ、少年のからだをベッドに寝かした。

そして、みぞおちのへんを強く押すと、美少年は、ウウムとうめいて目をひらいた。

「アッハッハ、どうだね、気がついたかね。宝石どろぼうさん」

美少年はサッとおもてに恐怖の色を走らせて、ベッドの上であとずさりする。

「だ、だれです。あ、あなたは……」

「おれか、おれはいろんな名前をもってるよ。この家では北村哲三と名のっているがね。まあ、いちばんわかりやすいのは、まぼろしの怪人という名前かな。アッハッハ！」

ああ、まぼろしの怪人が、あんなにたびたび自動車をのりかえたのは、このかくれ家をしられたくなかったからであろう。

それにしても、このふしぎな美少年はいったい何者だろうか。

血ぞめのくつ跡

まぼろしの怪人がふしぎな美少年を、池袋のかくれ家へつれこんだ時間からかぞえて、一時間ほどまえのことである。

両国付近をとりしまる所轄《しょかつ》警察へやってきたのは、三津木俊助と探偵小僧の御子柴進だ。高価なダイヤモンドをひろったふたりは、池上社長や由紀子とわかれて、警察署へようすをききにきたのである。

ふたりが署長のへやへ、はいっていくと、

「やあ、三津木くんと探偵小僧か。いやに耳がはやいじゃないか」

と、威勢よく声をかけたのはおなじみの等々力警部である。

三津木俊助は新聞記者としても有名だけれども、それと同時に名探偵として警察界でもしられている。

「やあ、三津木さん、いらっしゃい。そこにいるその少年が、有名な探偵小僧か」

と、本多署長もにこにこしながら、こころよくふたりを迎えた。本多署長というひとは、だるまのようにでっぷりふとった、あから顔の大男である。

「いや、耳がはやいというわけじゃありませんが、われわれも社長といっしょに、花火見物としゃれこんでいたものですからね。探偵小僧、こちらが署長の本多さんだ。あいさつしたまえ」

「はっ、ぼく、御子柴進です」

署長から有名ななどといわれたものだから、進もいささかかたくなって、てれくさそうに、ペコリとひとつおじぎをした。

「ときに、署長さん、警部さん、いったいなにがあったんです。さっきのさわぎといい、このものものしいふんいきといい……」

と、三津木俊助は、ふしぎそうに署長のへやを見まわした。それもそのはず、そこには大勢の係官が、ものものしくひかえているばかりか、刑事や巡査が興奮のおももちで、いそがしそうに出たりはいったりしているのである。

「いや、それがねえ。三津木くん」

と、等々力警部が署長にかわって、

「われわれも、さいしょはそれほどの事件と思わなかったんだが、だんだん調べていくうちに、容易ならぬ一大事件だということがわかったので、ぼくも、警視庁からかけつけてきたのだが……」

　と、むつかしい顔をして語るところをきくとこうである。

　この警察の捜査課に属する川北という刑事が、駒形堂の付近を歩いていると、だしぬけに暗い横町から、ひとりの少年がとびだしてきた。

　しかも、その少年は刑事のすがたを見つけると、身をひるがえして逃げようとする。そこで川北刑事が怪しんで、あとを追っかけてとらえると、いろいろ質問をあびせたが、少年はなにをきかれても、口をつぐんで答えない。

　刑事が明るいところへつれていき、調べてみるとその少年は、ギャバのズボンに開襟シャツをきて、としは十七、八だろう、上品な顔立ちをした美少年であった。

　川北刑事はさっそく身体検査をしてみたが、べつに凶器や怪しい品をもっているふうはなかった。ただ、ギャバのズボンのすその折り返しに、血痕《けっこん》らしいものがついているので、それを追及してみたが、少年はいぜんとして、口をつぐんで答えないのである。

　川北刑事はいよいよ怪しんだ。そこで少年に腰縄《こしなわ》をうち、警察へつれていこうとする途中、川開きのさわぎにまぎれて逃げられてしまったのである。

　そこで川北刑事はしかたなく、もういちど少年のとびだしてきた横町までいってみた。そして、その横町へはいっていくと、そこに駒形アパートというのがあり、一階のへやのひとつの窓があけっぱなしになっている。しかも、その窓の下を調べてみると、たしかにだれかその窓から、とびおりてきたらしいいくつ跡がついており、おまけにそのくつ跡は血にそまっているのである。

川北刑事はおどろいた。

そこでむりやりに窓をよじのぼり、なかをのぞいてみると、内部は茶の間かなんかになっているらしく、たたみじきの四畳半だが、べつにかわったところも見あたらなかった。ただ、どろぐつのあとがベタベタと、たたみの上についているのである。

どろぼう……？

しかし、あの血のあとが気にかかる。

そこで川北刑事はおもてへまわって、管理人のへやをおとずれた。

管理人も刑事の話をきくとおどろいて、

「そのへやなら矢島謙蔵さんのへやですが……」

「矢島というのは、なにをする男かね」

「はあ、銀座の宝飾店、天銀堂《てんぎんどう》という店へつとめているひとです。指輪なんかの細工をする職人で、なかなかの名人だというひょうばんです」

「それで、今夜矢島のところへたずねてきた者はないかね」

「さあ」

と、管理人は頭をかきながら、

「アパートはどのへやも、ドアにかぎがかかりますから、まあ、独立した家屋があつまっているのもおんなじで、そりゃはじめてたずねてきたひとは受付でへやをおたずねになりますが、二度めからは、たいてい直接そのへやへたずねておいでになりますから……」

「それで、矢島というのはひとりものかね……」

「はあ、なかなか変わりもんのじいさんで……」

「とにかく、それじゃそのへやへ案内してくれたまえ」

「承知しました」

管理人に案内されて、矢島のへやのまえまでいくと、ドアにかぎはかかってなかった。

そのドアをひらくと、なかは小さな玄関になっていて、その玄関の奥が、さっき刑事ののぞいた四畳半である。その四畳半についているどろぐつのあとをみると、管理人もあっときもをつぶしたがさらにそのへやをよこぎって奥の六畳をのぞいたときには、川北刑事も管理人もおもわず、

「ワッ、こ、これは……」

と、ばかりに、その場に立ちすくんでしまったのである。

ネコと少女

そのへやも四畳半とおなじく、たたみじきになっているが、矢島謙蔵はそこを仕事場につかっていたらしく、たたみの上にじゅうたんをしき、大きなデスクのまえにいすが

おいてある。デスクの上には、強烈なライトを放つ電気スタンドがあり、ブンゼン燈やピンセット、こまかい細工につかう虫めがねなど、いろんな道具が雑然とならんでいる。

しかし、川北刑事や管理人のおどろいたのはそのことではない。じゅうたんの上に男がひとり、あお向けざまにひっくりかえっているのだ。男はもう白髪の老人だが、ワイシャツとズボンの上に首から大きな革の前だれをかけている。それはこまかい細工ものを落としたときに、ひざの上でうけとめるための用意らしかった。

それはさておき、その男は背中からグサリとえぐられたのにちがいない。あお向けざまにひっくりかえったからだの下から、おびただしい血がながれだして、じゅうたんの上には、大きな血の池ができている。

しかも、なんという気味の悪さだろう。その血をペロペロと一ぴきの三毛《みけ》ネコがなめているのである。

「か、管理人くん」

と、川北刑事はおもわず声をふるわせた。

「あれが……あの殺されている老人が、このへやのあるじの矢島謙蔵という男か」

「は、は、はいさようで……」

と、管理人はガタガタふるえている。

「そして、あのネコは矢島老人の飼いネコなのかね」

「いえ、そ、そうじゃなくて、あれはたしかこのとなりのへやの、奥村さん宅のネコだと思いますが……」

「ああ、そう、シッ、シッ、あっちへいけ……」

川北刑事がこぶしをふりあげると、三毛ネコは、金色の目をあげて刑事をにらむと、

「ニャーゴ」

と、ひと声、口をひらいたが、その口のまわりにいっぱい血がついているのをみたときには、

「ワッ、こ、こいつは……」

と、さすがの川北刑事も、おもわず悲鳴をあげてとびのかずにはいられなかった。一ぴきの小さなネコが、まるで魔物のようにみえたのである。管理人もふすまにつかまり、ブルブル、ガタガタふるえている。

そのとき、四畳半の外の玄関で、

「ミイよ、ミイよ、おじいちゃん、またミイがきていない？」

と、かわいい女の子の声がきこえた。

「おとなりの奥村さんのお嬢さんですよ」

と、管理人が小声でささやいたとき、四畳半へ十歳くらいの女の子が顔を出して、

「おじいちゃん。あら……」

と、びっくりしたように、

「管理人のおじいちゃん、ミイコをしらない？」

「ミイならそこにいるよ。花ちゃん。ほら、ほら、ミイ公、お嬢ちゃんがお呼びだ。はやくいかないか」

三毛ネコはまだ血がなめたりないらしく、金色の目をひからせて、ジロジロふたりの顔をみていたが、それでも、のそのそ四畳半の方へ出ていった。その三毛ネコが歩くたびに、ボタボタとたたみの上に、梅の花をちらしたようなあとがつくのをみて、管理人はまたゾーッとしたようにからだをふるわせた。

「花ちゃん、そのネコを抱いちゃだめだよ。そのネコには血がいっぱい……」

「シッ！」

と、管理人を押さえた川北刑事は、ハンカチを出して、ネコの足やからだをふいてやると、

「さあ、さあ、お嬢ちゃん、むこうへいってらっしゃいね」

「おじちゃん、ありがとう」

なんにもしらない少女の花子は、いとしそうに三毛ネコを抱くと、

「ミイや、もう、まい子になっちゃだめよ。おねえちゃま、さっきからずいぶんさがしていたのよ」

と、人間にいうように話をしながらへやから出ていく。そのうしろすがたを見送って、川北刑事はもういちど、死体のほうへ目をやった。

「管理人くん、この矢島という老人には身寄りのものはないのかね」

「はあ、信州のほうにメイがひとりいるという話ですが、東京にはこれといって……」

「十七、八歳の美少年がここへくるのを見かけたことはないかね」

「さあ、いっこうに。なにしろさっきもいったとおり、受付を通さずに、直接へやへこれるもんですから」

「ああ、そう」

と、もういちどへやのなかを見まわした川北刑事が、デスクの上をみると、目ざまし時計が九時を示している。そうすると、刑事がさっき美少年をとらえたのは、八時半ごろのことだろう。

「管理人くん、きみ、このへやのかぎをもっているの？」

「いえ、わたしはもっておりませんが、かぎなら、そのデスクの上に……」

「ああ、そう、じゃ、ひとまずこのへやのドアにかぎをかけておいて、それから署のほうへ報告しよう」

こうして花火の夜の美少年逃亡事件はがぜん、奇怪な殺人事件として発展していったのである。

すりかえダイヤ

「なるほど」

と、等々力警部の話をきいた三津木俊助はうなずきながら、

「それで、みなさん、ここでなにを待っていらっしゃるんですか」

「いや、それですがね、三津木さん」

と、だるまのような本多署長が、デスクの上からからだをのりだし、

「さっき、銀座の天銀堂へ電話をかけたのです。そしたら、支配人の赤池というのがすぐ行くといってきたのだが、どうもおそいねえ。あれからもう一時間もたつというのに」

と、そういう署長のことばもおわらぬうちに、刑事が、あわただしくはいってきた。

「ああ署長さん、いま、天銀堂の支配人の赤池という男が、男と女のふたりづれをつれてきましたが……」

「ああ、そ、それじゃどうぞこちらへと……」

一同が緊張のおももちで待っていると、ふたりの男とひとりの女がはいってきたが、三人ともひどくとりみだしたようすであった。

「ああ、みなさん、わ、わたし天銀堂の支配人の赤池です。それからこちらはうちのお得意さんの南村良平さんと奥さんの美智子さんで……」

「わたし、南村良平です。どうもとんだことができてしまって……」

と、南村が出してわたした名刺をみると、南村産業株式会社社長と肩書がついている。としは五十歳前後であろう。頭髪はもう白くなっているが、いかにも精力家らしいからだつきだ。奥さんの美智子は四十五、六歳だろうが、ずいぶん若くみえる上品な美人で

ある。

「とんだこととおっしゃるのは、今夜の殺人事件のことですか」

と、だるまのような本多署長がききとがめた。

「いや、あの、それもそうですが、こっちのほうも大損害で……」

「署長さん、これをみてくださいまし。あたし、赤池さんにすっかりだまされてしまって……」

「いや、いや、奥さん、めっそうもない。わたしがだましたわけじゃありません。矢島のじいさんを信用しすぎたものですから……」

「どっちだっておんなじことですわ。署長さんもみなさんもこれをみてくださいまし」

と、南村夫人がとりだしたのは、細長いビロードのケースである。本多署長がパチッとひらくと、なかからあらわれたのは、金ぐさりのついた胸かざりで、その胸かざりには大つぶのダイヤが三個ちりばめてある。

「ほほう、これはみごとなものですが、これがどうかしましたか」

「そのダイヤ、みんなにせものなんです。赤池さんがすりかえたんです。そして、ほんものみたいなかおをして、あたしのところへとどけてきたんです」

「奥さん、そんな、そんな……」

「美智子、そうヒステリーを起こすもんじゃない。赤池くんはなにも悪気があってやったことじゃない。ただ、よくダイヤのめききをしなかったという、軽率のそしりはまぬがれないが」

「いいえ。いいえ。赤池さんがすりかえたんです。そして、そして、矢島老人を殺したんです」

「奥さん、そんなむちゃな……」

と、赤池支配人はゆでだこのような顔をして、ひたいから、ポタポタと滝のように汗をたらしている。

赤池支配人というのは、四十五、六歳のずんぐりむっくりした人物だが、ひたいはもうそうとうはげあがっている。

「いったい、これは、どうしたというのですか。そうてんでばらばらにしゃべられちゃ、いっこう話がわからない。赤池くん、きみから話をしてくれたまえ」

「ハッ、いや、どうもおそれいります」

と赤池支配人はハンカチで、ひたいの汗をぬぐいながら、

「じつはここにいらっしゃる南村さんというのは、わたしどもの店の古くからのお得意さんなんですが、つい先日、この胸かざりのダイヤが三個とも台座からゆるんで、少しぐらぐらしてきたので、なおしてほしいといってもってこられたんです。それでうちの職人の矢島謙蔵に修繕させたんです」

「フムフム、なるほどそれで……」

「矢島というのはもう三十年来、つまりわたしどもより以前から、うちへつとめている

職人さんですが、いままでにいちどもまちがいを起こしたことはございません。それで、修繕ができあがりますと、つい、わたしが調べもせずに、奥さんのところへおとどけいたしたようなわけで」

「なるほど、それで奥さんも調べもせずにお受け取りになったというわけですか」

と、等々力警部がそばからことばをはさんだ。

「はあ、いえ、あたしはいちおう調べましたの。しかし、これ、とってもよくできた模造品ですから、ちょっと見ただけではわかりませんの」

「なるほど、なるほど、赤池くん、それからどうしたの」

「はあ、ところがさっきこちらのほうから、お電話がございまして、矢島が殺されているというお知らせがあったものですから、ハッと思いましたのが、この奥さんの胸かざりでございます。よく調べもせずにおとどけしたのが、急に気になりだしまして、さっきお宅へあがって拝見したところが、やっぱりこのとおりの模造品で……」

赤池支配人のひたいからは、いぜんとして、滝のような汗が流れている。

「すると、矢島老人が殺されたのは、このダイヤモンドのせいだと、いうのですか」

と、そばから口を出したのは三津木俊助である。探偵小僧の御子柴進も、好奇心で目をギラギラ光らせている。

「はあ、いままでぜったいにまちがいのなかった男ですが、だれか悪い仲間でもできて、そいつにそそのかされて、ダイヤモンドをすりかえたところが、仲間われかなんかして、そいつに殺されたんじゃないかと……」

「だれか十七、八歳の美少年をご存じじゃありませんか。こんどの事件に関係してるんですが」

と、そう口を出したのは川北刑事だ。

しかし、南村夫婦も赤池支配人も、きょとんとした顔をして、そういう少年に心当たりのある人間はなさそうだった。

レーン・コートの男

三津木俊助と進が、等々力警部の案内で、駒形アパートへ出向いていったときには、もうすっかり花火もおわって、おもてには、はげしい雨が降っていた。思えばちょうどそのころまぼろしの怪人が、なぞの美少年をつれて、自動車から自動車へとのりついでいた時分である。

三津木俊助は考えがあって、まだひろったダイヤのことはいわない。

駒形アパートの矢島老人のへやは、刑事や巡査がいっぱいつめかけていて、いま捜査のまっさいちゅうだった。

医者が調べたところによると、矢島老人は背中から、鋭利な刃物で左の肺をつらぬかれていて、おそらく即死だったろうということである。

「なにしろ、今夜の花火でしょう。ポンポンという花火の音で、被害者がたとえ声を出したところで、へやの外まできこえなかったんでしょうねえ」

「それに、このアパートの連中、みんな屋上へ出て見物してたそうですから、犯人にとってはいっそう好都合だったわけです」

等々力警部は刑事たちの報告をきくと、

「それで、問題のネコを飼ってる奥村というのは……？」

「はあ、ところが奥村というのは夫婦ともかせぎで、亭主は自動車の運転手、細君のほうは浅草の映画館で案内人をしているので、花子という十二歳になる女の子がいつもひとりでるすばんをしているんです。それで、さびしいもんですから、ミイという三毛ネコを飼っているんですね」

「それで奥村夫婦は帰っているの？」

「いいえ、亭主のほうはまだ帰っていません。細君のほうはさっき帰ってきました」

「それで、花子というのはもう寝たかしら」

「さあ、今夜の事件で興奮したらしく、さっき廊下《ろうか》をうろうろしてましたが、細君が帰ってきたから寝かされたかもしれません。ひとつきいてみましょうか」

「そうだね。それじゃかわいそうだが、ひとつよんできてくれたまえ。ただし、寝ていたらいいよ」

「承知しました」

「ああ、ちょっと待ちたまえ。なんぼなんでもこのへやじゃかわいそうだ。となりに死《し》骸《がい》があるようなへやじゃあねえ。ひとつ、管理人のへやでも借りよう」

管理人のへやへ席をうつした等々力警部と三津木俊助、それから探偵小僧の御子柴進の三人が、待つ間ほどなくやってきたのは、おかあさんに手をひかれた花子である。あいかわらず、三毛ネコをだいじそうに抱いている。

「やあ、奥さん、もうおやすみになってたんじゃありませんか」

「いえ、もう、とてもこわくて寝てなんかいられませんわ。それにこの子がとっても興奮していまして……」

「それはそうでしょう。となりのへやであんなことがあっちゃねえ」

「それで、この子におたずねというのは……？」

「ああ、そうそう、花子ちゃん、あんたにひとつききたいんだが、なんでも気がついたことがあったら、おじさんにいってくれるんだよ。まず、だいいちに、花子ちゃんは今夜、おとなりの矢島のおじいちゃんのへやへ、だれかやってきたのを見やしなかったかね。見たら見たといっておくれ」

「ええ、見たわ」

と、言下に花子が答えるのをきいて、一同はおもわずハッと顔を見合わせた。

「見たって、それ、何時ごろのこと？」

「ちょうど八時よ」

「花ちゃんは、どうしてそんなにはっきり時間をおぼえてるの」

「だって、花子、八時まで宿題をしてたのよ。それから八時になったので、花火を見にいこうと思っておへやを出たら、おじいちゃんのおへやのまえに男のひとが立っていたわ」

「それ、どんなひと？　十七、八歳のおにいちゃん？」

「ううん、そうじゃないわ。もっととしとったひとだったわ。でも、レーン・コートをきて、レーン・コートのえりを立てて、帽子をとっても深くかぶっていたから、お顔はよく見えなかったわ」

等々力警部と三津木俊助、それから進の三人は、思わず顔を見合わせた。

では今夜矢島老人のへやには、美少年のほかにもうひとりの客があったのか。

「それで、そのレーン・コートのおじさん、どうしたの？」

「おじいさんのおへやへ、はいっていったわ」

「おじいさんがなかからドアをひらいたの？」

「ええ、そうよ。花子がドアのまえを通りかかったとき、おじいさんがアッとかなんとかいってたわ」

「おじいさん、びっくりしたんだね」

「そうだったらしいわ。それから……」

「それから……？　それからまだあるの？」

「ええ、それから半時間ほどして、花子が上からおりてきたら、おじいちゃんのへやのまえに、こんどは十七、八歳のおにいちゃんが立ってたわ」

「おにいちゃんが立ってた？　そして、そのおにいちゃんもへやのなかへはいったの」

「さあ、花子、しらない。そのまえに花子、じぶんのおへやへはいったんですもの。そんなとき、おじいちゃんのめざまし時計のオルゴールが鳴ってたわ。だから、きっと八時半ね」

「おじいちゃん、いつも八時半にめざましかけとくの？」

「ええ、そうよ。おじいちゃん、いつも八時半になったらお仕事やめて、お酒のみにいくの。それから帰ってねんねするの。ねえ、おかあちゃん」

「はあ、あの、この子のいうとおりでございますの。人生で寝酒をのむのが、いちばん楽しみだって、いつもおっしゃってましたけれど……」

それでは矢島老人は、いつ殺されたのか。八時にやってきたレーン・コートの男に殺されたのか。それとも八時半にやってきた美少年に殺害されたのか。

それにしても、レーン・コートの男とはいったいだれか。そして、なぞの美少年の正体は？

さらにまぼろしの怪人は、この事件でいったいなにをやろうとするのであろうか。

怪人の挑戦

両国の川びらきで、ふしぎなまぼろしの少年が、見物人たちをおどかしたきり、どこへともなくすがたを消したその翌日の朝刊は、どの新聞もその記事でいっぱいだった。

ふしぎなまぼろしの少年は、たんなるスリやかっぱらいではなく、宝石どろぼうであった。いやいや、宝石どろぼうであるだけではなく、殺人犯人だったかもしれないのだ。前後の事情からおして、この事件の係官が立てた推理というのは、だいたいつぎのとおりであった。

すなわち、天銀堂の職人、矢島謙蔵は、ふとした悪心から、南村美智子夫人の胸かざりの修繕をたのまれたとき、そのなかの大粒のダイヤの三個をにせものとすりかえてしまった。矢島謙蔵を信用している天銀堂の支配人赤池は、ダイヤをくわしく調べもせず、そのまま南村家へとどけてしまった。南村産業の社長、南村良平氏の奥さん美智子さんも、なにげなくそれを受け取ってしまったのである。

ところが、ここにその秘密をしっていた人物が、ふたりあったらしい。ひとりはレーン・コートをきた男で、その男の顔をみたとき、矢島謙蔵老人はアッと叫んでおどろいたという。しかも、矢島老人がその男をへやのなかへ招じいれたところをみると、老人は、なにかその男に、よわいしりをにぎられていたのではないか。

さて、レーン・コートの男が、矢島老人のへやへはいっていったのが八時ごろ。それから、半時間のちの八時半には問題のふしぎな美少年が、矢島老人のへやのまえに立っていたという。そして、そのとき老人のへやのなかから、めざまし時計のオルゴールがきこえてきたというのだ。

レーン・コートの男と、ふしぎな少年。矢島老人を殺して、三個のダイヤをうばったのは、このふたりのうちのひとりにちがいないのだが、それではレーン・コートの男とは何者か。またふしぎな美少年の正体はなにか。……と、いうことになると、かいもく見当がつかないのである。

だから、新日報でもそのとおり、朝刊に出しておいたのだが、ところが、その日の夕方、東都日日の夕刊に世にもおどろくべき記事が出たのである。

東都日日というのは、新日報の競争新聞で、いつも新日報が右といえば左、左といえば右というように、ことごとにたてつく新聞だが、あいにくむこうには三津木俊助のような腕の立つ記者がいないので、こういう事件のばあい、いつも新日報にだしぬかれるのだが、こんどというこんどこそ、さすがの三津木俊助をはじめとして、新日報社の社員一同、おもわずアッとどぎもをぬかれた。

それというのもむりはない。そこに、つぎのような大見出しのもとに、れいれいしく掲載されているのは、なんと、まぼろしの怪人の投書ではないか。

新日報社は泥棒か？
まぼろしの怪人秘密を暴露す

けさの各新聞をみるといっせいに、昨夜の川びらきをさわがせた怪少年の記事でうまっているが、それについて、余、すなわち、まぼろしの怪人も本紙上をかりて、つぎのような見聞記を報告したいと思う。

すなわち、余、まぼろしの怪人も昨夜花火見物としゃれこんでいたのであるが、余のボートのすぐそばに一そうの屋形船がうかんでいた。のぞいてみるとおなじみの新日報社社長、池上三作氏に令嬢の由紀子さん、さらに余の尊敬する三津木俊助氏と、探偵小僧の御子柴くんの四人がのっていた。

余、かかる名士とともに花火見物のできることを、このうえもなく光栄と思い、それとなく屋形船のなかをうかがいいるに、九時ごろ、とつぜんその舟へとびこんできたのが、いわゆるまぼろしの少年である。まぼろしの少年は、いっしゅん舳でひれふしていたが、池上社長はじめ一同にとがめられすぐつぎの舟へとびうつった。

ところが、余が見ているのに、まぼろしの少年が立ち去ってのち、探偵小僧の御子柴くんが、舟の底よりひろいあげ、花火の光にすかしていたのは、いまから思えば、たしかにダイヤモンドらしかった。

ただし、そのときは余もそれとは気がつかず、そのまま、池上氏の屋形船のそばをはなれたのだが、運命の神のいたずらか、それからまもなく、まぼろしの少年は余があやつるモーター・ボートのなかへとびこんできたのである。

だるま署長怒る

まぼろしの怪人、まぼろしの少年を救う

と、このえげつない暴露記事はまだまだつづくのである。

さて、それからまもなく思いがけなくも、余、すなわちまぼろしの怪人の操縦するモーター・ボートへとびこんできたまぼろしの少年は、息もたえだえの状態であった。ことわざにもいうとおり、窮鳥ふところに入れば猟師もこれを殺さずと。……されば余はまぼろしの少年をあわれんで、そのまま余のかくれ家へつれもどったのである。そして、このあわれな少年の告白をきくにおよんで、余は大いにおどろくと同時に、新日報社しょくんのやりかたに、ふんがいをおぼえずにはいられないのである。

すなわち、まぼろしの少年の告白によると、かれは天銀堂嘱託《しょくたく》のかざり職人、矢島謙蔵老人のもとより、たしかにダイヤを一個ぬすみ出したそうである。ところが、途

中で刑事につかまったので、あわててそのダイヤを口中にふくんでいた。ところが、池上社長の屋形船にとびうつったとき、アッと叫んだひょうしに、思わずもそのダイヤを、船のなかへはき出したというのである。

これ、余、まぼろしの怪人が見聞したところと、まったく一致しているではないか。すなわち、新日報社の連中は、まぼろしの少年が矢島謙蔵かたよりぬすみだした高価なダイヤを手に入れたのである。それにもかかわらず、けさの新日報を読むに、ひとこともそのことにふれていないのはどういうわけか。

いやいや、新聞紙上でふれていないのみならず、警察へもそのことをとどけ出ているけはいはみじんもないのである。

新日報社はダイヤを横どりするつもりであろうか。新日報社はダイヤどろぼうか。ひごろ、口をひらけば正義をとなえる新日報社も、ちかごろの不況のあおりをくらって、ついにダイヤどろぼうへとだらくしたものとみえる。

余、すなわちまぼろしの怪人は、ここにいたって決然、意をかためたしだいである。新日報社にしてすでに盗心ありとすれば、余もまた大いに盗心を発揮してよろしかろうと。よっていまもって紛失している南村夫人のダイヤのほかの二個は、断然、余がものにしようと決心したしだいである。

あらかじめ、ここに宣言しておくしだいである。

まぼろしの怪人

これほど読者をアッとばかりにおどろかせた記事はなかった。その晩の東都日日の夕刊はひっぱりだこの売れ行きで、それを読んだひとびとは、多少なりとも新日報のやりかたを、非難しないものはなかった。

だれも新日報社が、ダイヤどろぼうにだらくしたとは思わない。しかし、重大なしょうこを手にいれながら、警察にも提供しないでおさえておくというやりかたは、あまりにも非民主的であると、ごうごうたる非難が集中した。

なかでも憤慨したのはこの事件の捜査本部になっている所轄警察の、あのだるまのような本多署長である。

「もしもし、そちら新日報社かね。こちら本多だが、社長か三津木くんいるかね。なに、ふたりともいない？　それで、そういうきみはいったいだれだい？」

「はあ、わたし、編集局長の山崎ですが……」

「ああ、山崎くんか。いや、きみにきけばわかるかもしれんが、きょうの東都日日の夕刊に出てる記事はほんとうかね。きみたちのほうで盗まれたダイヤを一個保管しとるちゅうのは？」

「ああ、それはほんとうでございます。社長からおあずかりして、たしかにわたしが保管しておりますが、まぼろしの怪人がいうように、決してどろぼう根性をおこしたわけじゃありませんからご安心ください」

「それはわかっとる。しかし、そんなことがあったのならあったと、所轄警察の署長のわしに報告してもらわねばこまるじゃないか」

「いや、どうも……三津木くんもついいいそびれていたようで……」

「どちらにしても、すぐそのダイヤをもってこっちへきてくれたまえ。いや、ちょっと待て」

「どうかなさいましたか」

「いや、わしは今夜九時ごろ、もういちど駒形アパートの現場へおもむくつもりだから、三津木くんにそこまでダイヤをもってくるように、いっといてくれたまえ。いいか、わかったね。これ以上インチキをすると、相手が新聞社だといって、そのままにはせんからそのつもりで……」

ガチャンと受話器をかけるそのけんまくからして、本多署長の怒りのほども察せられようというものである。

怪少年の正体

「アッハッハ、だるまさん、だいぶおかんむりらしいですぜ」

受話器をおいた山崎編集局長は、会議室のなかを見まわすとニヤリと笑った。そこにはいないはずの、池上社長や三津木俊助も、ちゃんと顔をそろえているのである。

時刻はちょうど夕方の五時。

新日報社でも、東都日日の記事を読んで、いそいで、対策をねっているところへ、本多署長から、電話がかかってきたというわけである。

「それにしても東都日日もすこしおかしいな。こういう暴露記事をのせるというのは……？」

と、池上社長はまゆをひそめたが、三津木俊助は問題にもせず、

「東都は少しあせってるんです。ちかごろ読者がへるいっぽうだということですから。しかし、社長、まぼろしの怪人の投書から、ゆうべの少年が怪人につれさられたということがわかりましたが、あの少年ははじめから、怪人の仲間なんでしょうかね」

「いや、そうは思えんな。怪人のやつ、たまたま、ゆうべ隅田川にいあわせて、後日なにかの役に立てようと、あの少年を助けて帰ったまでのことだと思うな」

「いや、ぼくもそう思うんですが、それにしてもあの少年は何者でしょう。怪人の投書もその点にはふれておりませんが……」

「それに……」

と、山崎編集局長もからだをのりだし、

「少年はダイヤを一個だけ盗み出したように書いてありますが、そうするとあとの二個のダイヤはどうなったのかな」

「三津木くん、ゆうべ、矢島謙蔵という男のへやは、くまなく捜したんだろうねえ」

「それはもちろん」

「しかも、ダイヤは見つからなかったんだね」

「はい、どこにも、見当たりませんでしたよ」

「それはきっと……」

と、また山崎編集局長がことばをはさんだ。

「レーン・コートの男が盗んでいったんですぜ。そいつが矢島老人を殺して、ダイヤをふたつ盗んでいった。そのあとへまぼろしの少年がやってきて、残っていたひとつのダイヤを盗んだのじゃ……」

「しかし、それならレーン・コートの男は、なぜひとつだけダイヤを残していったんだね。盗むんなら三個いっしょに盗んでいけばよさそうなもの……」

「それはそうですねえ」

山崎編集局長は、苦笑しながら頭をかいていたが、三津木俊助はなにかほかのことを考えながら、

「それにしても、ふしぎなのはまぼろしの少年だ。いったい、あいつは何者だろう」

と、ぼんやり、つぶやいているときである。ドアを押して、バッタのようにとびこんできたのは、探偵小僧の御子柴進だ。それに由紀子もいっしょである。ふたりともほっぺたをまっかに興奮させて、

「わかりましたよ、わかりましたよ。ゆうべの少年の正体が……由紀子さんが見抜いたんです！」

「なに、まぼろしの少年の正体がわかったと……？」

「由紀子さんがどうしてそんなこと……」

と、おとなたちがいすから総立ちになりそうなのをみて、由紀子はまっかになってている。

「まあ、これを見てください。これがゆうべのまぼろしの少年の正体です」

と、探偵小僧の御子柴進が、鼻高だかと差し出した写真を見て、一同はおもわずアッと肝をつぶした。

それはショート・パンツにランニング一枚というでたちの、運動選手の写真ではないか。しかも、その運動選手は、男子ではなく、あきらかに女子選手なのだが、しかも、その女子選手の顔というのが、ゆうべのまぼろしの少年にそっくりだった。

「いったい、これはだれだ！」

「女子陸上競技界のホープといわれる南村日出子嬢。去年の秋、百メートル競走と、八十メートル・ハードルに新レコードをつくったスポーツ・ウーマン。しかも、ゆうべ三個のダイヤをぬすまれた、南村産業の社長、南村良平氏と、奥さんの美智子さんとのあいだに生まれたたったひとりのお嬢さんです」

「な、な、なんだって！」

「さらにつけくわえるならば、由紀子さんの通学している、Ｋ学園のおねえさんですから、南村良平さんがこの事件に関係してるときいたとたん、由紀子さんはあこがれのおねえさまの顔を思い出したというわけです。なんと社長さんも、山崎さんも、三津木さんも、これはじつに奇々怪々な事件ではありませんか」

と、探偵小僧の御子柴進は、得意の鼻をうごめかしたが、聞いている一同は、しばらくあいた口がふさがらなかった。

ダイヤの使者

きのうの殺人のおこなわれた、駒形アパートの一室は、今夜もものものしい警戒である。

三津木俊助は、ゆうべひろったダイヤをもって、きっちり九時にやってきたが、殺人のおこなわれた矢島老人のへやにがんばっているのは、だるま署長ただひとり。なにしろ、まぼろしの怪人がこの事件に関係しているとわかったので、ほかの刑事や警官たちは、へやのなかより、むしろアパートの周囲をとりまいて、これを少し大げさにいえば、十重《とえ》二十重《はたえ》という警戒ぶりである。

「三津木くん、例のダイヤをもってきたかね」

「いや、署長さん、たいへん失礼しました。ゆうべはつい申し上げる機会がなかったのですが、だいぶおかんむりだったようですね」

「なあに、べつにおこったわけじゃないが、かんじんのことをかくしておかれちゃ、警察の威信にかかわるからな。ワッハッハ」

と、だるま署長は上機嫌《じょうきげん》で、腹をゆすって笑いながら、

「どれどれ、問題のダイヤというのをみせてくれたまえ」

「はあ、ダイヤなら、ここにございますが、もうしばらくお待ちください」

「もうしばらく待てとは……？」

「いや、これがほんとうに南村夫人のダイヤかどうか鑑定してもらおうと思ってるんです。まもなく、ここへ天銀堂の支配人、赤池氏とダイヤの持ち主南村良平氏がくることになっておりますから、それまで少々お待ちください」

「ふうむ」

と目を光らせた本多署長、

「三津木くん、だいじょうぶかね」

「だいじょうぶかとおっしゃると……？」

「いや、まぼろしの怪人というやつは、変装の名人ときいている。むやみにひとを集めて、まぼろしの怪人がまぎれこみやしないか」

「いや、その点はぼくも気をつけますから、署長さんも大きく目をあけていてください。

まぼろしの怪人がやってくれれば、それこそもっけのさいわいじゃないですか」

「そうだ。そうだ。それはきみのいうとおりだ。ちくしょう、やってきてみろ、このとおりアリ一匹はいだすすきはないのだから……」

と、だるま署長は意気けんこうと張りきっている。

「それにしても、三津木くん、まぼろしの少年というのは何者じゃね。まぼろしの怪人もその点まではふれてなかったが……」

「いや、それもいまにわかりましょう。南村氏や赤池支配人がやってきたら……ああ、うわさをすればかげとやら、どうやらふたりがやってきたようです」

と、三津木俊助のことばもおわらぬうちに、刑事に案内されてはいってきたのは南村産業の社長、南村良平氏と天銀堂の赤池支配人である。南村社長はなんだか少しぼんやりしていた。三津木俊助はふたりにいすをすすめると、

「やあ、これはこれはようこそ。南村さん、どうかしましたか。少しお顔色が悪いようですが……」

「いや、あの、ちょっと……」

「いや、いや、よくわかっております。お嬢さんがゆくえ不明になられて、さぞご心配なことでしょう」

「な、な、なんだって？」

と、だるま署長は目をまるくして、

「南村氏のお嬢さんがゆくえ不明だって？　そして、そのことがこんどの事件となにか関係があるのかね」

「はあ、もちろん、こうなったら南村さん、なにもかもほんとうのことを、おっしゃったらいかがですか。それともぼくより申し上げましょうか」

「三津木くん、きみはいったいなんのことをいっているのかね」

と、南村社長はまゆをひそめてひややかである。

「ああ、なるほど。あなたのお口からはいいにくいとみえますね。それじゃわたしの口から申し上げましょう。署長さんも赤池さんもきいてください。これがこんどの事件の真相なのです」

と、三津木俊助はひといきいれると、つぎのように語りだしたのである。

「南村さんはちかごろ事業でちょっと失敗されたので、奥さんのダイヤを売って、なんとかうめあわせをしようと思われたのです。しかし、そんなことをたのんでも、虚栄心のつよい奥さんが、承知しそうにありません。そこで矢島老人にたのんで、ダイヤをすりかえてもらうことにしたのです。老人も持ち主のたのみですから、こころよくダイヤをすりかえました。そして、ほんものの三個のダイヤは奥さんにないしょで、南村さんに渡すことになっていましたが、そのダイヤ受け取りの使者にこられたのが、お嬢さんの日出子さんなんです。日出子さんは、おとうさんの同情者で、おとうさんのたのみを受けて、ゆうべここへ三個のダイヤを受け取りにこられたのですが、そのとき日出子さんはひとめをさけるために男装していました。それがすなわち問題のまぼろしの少年なのです」

ダイヤのありか

「な、な、なんだって？　それじゃ、まぼろしの少年というのは女の子だったのかい」

「そうです。そうです。まぼろしの少年とは、女子百メートルとハードルの選手権保持者、南村日出子嬢だったのです」

「ふむ、ふむ、それで……？」

「日出子嬢は約束どおり八時半ごろここへきました。ところが、きてみると意外にも矢島老人は殺されている。びっくりした日出子さんは、すぐさま逃げようとしましたが、そのとき、床に落ちたひと粒のダイヤを見つけました。日出子さんはそれをひろいあげると、むちゅうでここから逃げだしましたが、不幸にもとちゅうで川北刑事にとっつかまってしまいました。日出子さんは困りました。ほんとうのことを打ちあけると、南村さんの信用にかかわります。それに、うっかりすると殺人の疑いをうけるかもしれません。そこで、川北刑事がまだ女の子だと気がつかないのをさいわいに、川のなかへとびこんで逃げたのです。それにはさいわい陸上選手としての運動神経が役に立ち、だれも女の子だとは気がつかなかったのです」

「なるほど、なるほど、それはおもしろい話だが、それじゃ矢島老人を殺したのはだれかね」

「さあ、それですよ、署長さん」

と、三津木俊助は息をすいこむと、

「天銀堂の支配人ともあろうひとが、ダイヤのすりかえに気がつかなかったというのを、あなたはふしぎにお思いになりませんでしたか。いいや、赤池さんは気がついていたのです。気がついていたからこそ、ゆうべ八時にここへやってきたのです。レーン・コートの男というのは、この赤池支配人だったのです！」

「そ、そ、そんなばかな！」

と、赤池支配人はキッといすから立ちあがったとき、サッとドアをひらいてはいってきたのは、等々力警部とかわいい花子だ。

「ああ、このおじさんよ、ゆうべレーン・コートをきて、このおへやのまえに立っていたのは……矢島のおじいさんがびっくりして、それでもおへやのなかへいれたのよ」

「おのれ！」

と、赤池支配人は鬼のような形相《ぎょうそう》で、かわいい花子におどりかかろうとしたが、

「赤池、神妙にしろ！」

と、等々力警部の声とともに、支配人の両手には、はや手錠《てじょう》がかかっていた。

「三津木くん、それで、ダイヤは……？　ダイヤはこの赤池がぬすんだのか」

と、あえぐように叫んだのは南村社長である。

「いいえ、南村さん、ご安心ください。残りのダイヤはまだこのへやのなかにあります。それを教えてくれたのはこのかわいい花子ちゃんです。さあ、花子ちゃん、おじちゃんにもういっぺんオルゴールの話をしておくれ」

「ええ、それはこうよ」

と、花子は興奮して、目玉をパチクリさせながら、

「八時半におにいちゃんのすがたを見たとき、このへやで、めざまし時計のオルゴールが鳴っていたのよ。いそいで花子、じぶんのおへやへ帰ってきたんだけど、急におじいちゃんのおへやのオルゴールが途中でとまってしまったのよ」

「それそれ、いまの花子ちゃんの話が、ダイヤのありかを説明しています。すなわち、赤池支配人は矢島老人をおどかして、ダイヤを出させようとしたが、老人がなかなかいうことをきかぬところへ、男装の日出子さんがやってきました。そこで老人をひと突きにつき殺したつもりで、赤池はいったん別室へかくれたのです。ところが老人はまだ死にきってなかったので、かくしていたダイヤをあらためてオルゴールのなかへかくしたのです」

と、そういいながら、そこにあっためざまし時計をとりあげて、オルゴールの底ぶたをひらくと、なんとそこにさんぜんと光っているのは、二個のダイヤではないか。

「ほら、ごらんなさい。ダイヤがあいだにはさまったので、オルゴールが回転をやめ、

そこで、花子ちゃんがきいたように、オルゴールの音が、とちゅうで急にとまったのです。矢島老人は三個ともダイヤをかくすつもりだったのでしょうが、みんなはいりきらなかった。二個だけかくして、息がたえたところへ、日出子さんが、はいってこられたというわけです」

「それじゃ、そのとき赤池はまだこのへやのどこかにかくれていたんだな」

「そうです、そうです、署長さん。赤池は、日出子さんが、一個のダイヤをひろって逃げるのを見たんです。それを、三個ぜんぶひろって逃げたとかんちがいして、あとを追っかけたところが、あいにく日出子さんが川北刑事につかまってしまいました。だから、あのとき日出子さんが、刑事につかまったのはこのうえもなくしあわせだったのです。なぜならば、もし刑事につかまらなかったら、赤池に殺されていたかもしれません」

「ああ、ありがとう。それでなにもかも判明した」

と南村良平は感きわまったおももちで、

「こういうさわぎが起こったというのも、もとはといえば、わたしが家内のダイヤを、利用しようとしたのがいけなかったのです。ダイヤは家内にかえします。三津木くん、三個のダイヤをかえしてください」

と、南村社長が差し出す両手へ、待ってましたとばかりに、ガチャリと手錠をかけたのは等々力警部。

「あ、こ、これは……な、なにをする！」

と、南村社長は憤然として、手錠をはめられた両のこぶしをふりあげたが、そのとたん、ドヤドヤとへやのなかへなだれこんできたのは、探偵小僧の御子柴進と由紀子、それからゆうべのまぼろしの少年、すなわち日出子、そして、いちばんさいごにはいってきたのは、なんと南村良平氏ではないか。

「アッハッハ、まぼろしの怪人。よくききたまえ。まぼろしの少年が南村氏の令嬢日出子さんであることに気がついたのは、由紀子さんだ。と、すれば、きみから南村氏に連絡があるにちがいないと、こっちはこっちで、南村氏を見張っていたのだ。そしたら案のじょう、南村氏を立教まえのかくれ家へおびきよせ、日出子さんといっしょにとじこめ、きみが南村氏に化けて、ここへやってくることは、探偵小僧の電話によって、さっきからわかっていたんだよ。アッハッハ！　アッハッハ！」

　こうして三津木俊助は、まぼろしの怪人をつかまえたと、得意になっていたけれど、手錠をはめられて立っているのは、はたして、ほんもののまぼろしの怪人だったろうか。

第4章　ささやく人形

怪人の部屋

「ああ、ちょっと御子柴くん」

と、変な声でよびとめられて、探偵小僧の御子柴進は、

「ええ？」

と、おもわずその場に立ちどまった。

そこは新日報社主催の防犯展覧会の会場である。

防犯展覧会というのは、犯罪はこうして起こるものであるから、おたがいに気をつけて、できるだけ犯罪が起こらないようにしよう、というねらいの展覧会である。新日報社ではいま、警視庁と力をあわせて、銀座のデパートほてい屋の八階大広間をかりて、防犯展覧会をひらいているのである。

そういうねらいの展覧会だから、会場はそうとううす気味悪い。有名な大事件の犯人の似顔やあるいは生人形《いきにんぎょう》が、会場のあちこちにかざってある。また、犯人がひとを殺して、その死骸《しがい》をつめてはこんだというトランクなども陳列してある。犯人がつかった凶

器、すなわち、ピストルやあいくちや出刃庖丁《でばぼうちょう》、その他、さまざまなものすごいものがいっぱいで、気のよわいものには、ちょっと近よれない展覧会だ。

探偵小僧の御子柴進が、いま変な声で呼びとめられたのは、その防犯展覧会の片すみで、そこは「まぼろしの怪人のへや」である。

「まぼろしの少年」の事件でつかまったのは、やはりまぼろしの怪人そのひとだった。だからいままぼろしの怪人は、刑務所のなかにいるのだが、新日報社主催の防犯展覧会での、いちばんのよびものは、なんといっても「まぼろしの怪人のへや」である。

そこには、まぼろしの怪人のやりくちが、写真や人形や説明図で、ことこまかに解説してある。また、まぼろしの怪人が変装したひとびとの、似顔の生人形も陳列してある。

まぼろしの怪人は、ずいぶんいろんなひとに変装している。新日報社の社長、池上三作氏に変装したかと思うと、つぎのしゅんかんには、等々力警部に変装した。アリ殿下の事件では、まんまとホテルの支配人に化けている。「まぼろしの少年」の事件では、南村産業の社長、南村良平氏に変装して、とうとう三津木俊助につかまったのだ。

「まぼろしの怪人のへや」には、そうして、怪人が変装したひとびとの生人形がかざってある。こうしてみると、まぼろしの怪人は、いったいどれがほんとうの顔なのかわからない。まったくまぼろしの怪人とは、よくいったものである。

探偵小僧の御子柴進が、変な声でよびとめられたのは、その「まぼろしの怪人のへや」のまえである。

「ああ、ちょっと御子柴くん」

と、みょうな声で呼びとめられた進は、

「ええ？」

と、あたりを見まわしたが、そばにいるのはこの展覧会の警備にあたっているやぎひげの守衛がひとり。ほかにはだれのすがたも見あたらない。

「おじいさん。いまなにかいった？」

進がたずねると、

「ええ、なに？」

と、やぎひげの守衛のほうがびっくりしたように目をまるくする。この守衛というのは六十歳くらいのじいさんで、つめえりの服にふちなしの帽子をかぶり「まぼろしの怪人のへや」のまえの木柵《もくさく》のそばで、まるいいすに腰をおろして、こくりこくりと居眠りをしていたのである。

「おじいさん、いま、ぼくをよんだ？」

「うんにゃ、だれもよびやしない」

「そうかな、変だなあ」

進は、ふしぎそうに小首をかしげたが、すぐ気のせいかと思いなおして、二、三歩あるきかけるとまたしても、

「ああ、ちょっと御子柴くん」

と、変な声が呼びかけた。気のせいではない。たしかにだれかがよびとめたのだ。

ギョッとして、進がふりかえると、あいかわらずあたりにはだれもいない。やぎひげの守衛のじいさんは、またこっくりこっくり居眠りしている。

「だれ？　ぼくをよびとめたのは？」

「おれだよ」

「え？」

と、あたりを見まわしたが、あいかわらずあたりに人影はない。

「だれだよ、どこにいるんだよ」

「どこにって、おまえの目のまえにいるんじゃないか」

「目のまえってどこさ」

「まぼろしの怪人のへやのなかにさ。アッハッハッハ」

うす気味悪い笑い声をきいて、探偵小僧の御子柴進は、おもわずゾーッと総毛立つような気持ちであった。

怪人のへやのなかには、さっきもいったとおり、生人形がならんでいる。生人形は四つあって、いずれもふつうの人間とおなじ大きさである。その顔は池上社長に等々力警部、ホテルの支配人と南村良平氏と、かつてまぼろしの怪人が変装したひとたちである。

進の胸は怪しくふるえた。

どうさがしてみても、あたりに人影はみえないのである。いや、ただひとり、やぎひげの老守衛がいることはいるが、さっきから、こっくりこっくり舟をこいでいる。ひょっとすると、あの生人形のなかに、ほんものの人間がまぎれこんでいるのではあるまいか。

そして、もしほんものの人間がいるとすれば、あのようにじょうずに変装できるのは、まぼろしの怪人よりほかにないはずだ。しかしそのまぼろしの怪人は、いま刑務所にいるはずである。

だが……。

いつかもまんまと刑務所を、ぬけだしたほどのまぼろしの怪人ではないか。こんどもまたひとしれず脱獄して、この防犯展覧会のなかにまぎれこんでいるのか。

やみからの声

探偵小僧はいつかへっぴりごしの姿勢になっていた。そして、木柵につかまったまま、まじろぎもせずに四つの生人形をにらみながら、

「だれだ！　そこにいるのは……？」

と、あえぐようにたずねると、

「アッハッハ、おれか、おれはまぼろしの怪人……」

「なに？」

「の部下」

「まぼろしの怪人の部下？」

「そうだ」

「そして、まぼろしの怪人の部下がぼくになにか用か」

「ああ」

「どういう用だ」

「用というよりたのみがある」

「たのみというのはどういう頼みだ」

「今夜十時、両国橋の東づめ、橋より十メートルほど下流へきてほしい」

「両国橋の東づめになにがあるんだ」

「そこに海運丸という小さなランチがうかんでいる」

「海運丸という小さなランチだな」

「ああ、そこにあるスーツ・ケースをもっていってほしいんだ」

「スーツ・ケース？　スーツ・ケースはどこにあるんだ」

「ほら、おれの足元にある」

「おれ？　おれとはだれだ」

「等々力警部だよ、アッハッハ」

あいかわらず、うす気味悪いキイキイ声だ。

進がギョッとして、怪人のへやのなかを見まわすと、なるほど等々力警部の足元に、スーツ・ケースがおいてある。探偵小僧はそれを、やっぱり防犯展覧会の陳列品だとばかり思っていたのだが……。

「それで、ぼくが、もし、いやだといったら……？」

「おまえはいやだとはいえないよ」

「どうしてそんなことがいえるんだ」

「だって、おまえがいやだといったら、由紀子がどうなるかわからないからな」

「由紀子さん……？」

「そうさ。池上三作の娘由紀子だ」

「由紀子さんがどうかしたのか」

「学校へ問いあわせてごらん、由紀子はさっき使いの者がむかえにきて、自動車でいっしょに帰ったと返事するだろう。その使いの者というのがくせ者でな。ウッフッフ」

「アッ！」

と、おもわず進は小さく叫んだ。

「それじゃ、まぼろしの怪人の部下が、由紀子さんをかどわかしたというのか」

「そうだ、そうだ、察しがいいな。ウッフッフ」

「それじゃ、スーツ・ケースをとどければ……」

「由紀子をひきかえに帰してやる。ただし、このことをひとにしゃべったり、警官をつれてきたりすると、いっさいご破算だからそのつもりでいろ」

「畜生！」

「いやか、おうか、返事をしろ！」

進は歯をくいしばり、しばらく考えていたのちに、

「よし、それじゃ、ほうぼう電話をかけてみて、由紀子さんがほんとうに誘かいされているとわかったら、きっとおまえのいうとおりにする」

「よし、それで約束はきまった。アッ」

「どうしたんだ」

「ひとがきた。もう一切《いっさい》口をきくな」

ふしぎな声はそれきりとだえて、あたりはうす気味悪い静けさにとざされたが、そこへひょっこりやってきたのは三津木俊助である。

「なんだ、探偵小僧、こんなところでなにをぼんやりしてるんだ」

その俊助の大声に、こっくりこっくり舟をこいでいたやぎひげの守衛もハッと目がさめたらしく、眠そうな目をこすっている。

「いえね、三津木さん、ぼくなんだか気味が悪くてしかたがないんです」

「なにがそんなに気味が悪いんだ」

「だって、この人形、あんまりよくできているんで、なんだかなかにひとりくらい、ほんものの人間がまじってるんじゃないかって……」

「なにをくだらないことをいってるんだ」

「だって、ぼく、気になってしかたがありませんから、三津木さん、ここでみていてください」

「みていてくださいってどうするんだ」

「いえ、ぼく、ちょっとこの柵をこえてなかへはいってみようと思うんです」

「アッハッハ、ばかだな」

「ばかだってかまいません。念のためですから」

「そうか、そういうならここでみていてやろう。だけど、探偵小僧、用心しろ」

「用心しろってなんのこと？」

「なかにほんものの人間、つまりまぼろしの怪人がいて、おまえの首っ玉をしめるかもしれんぜ。アッハッハ」

「ええ、ですから、三津木さん、ここにいてください。そして、もしそんなことがあったらぼくを助けてくださいよ」

「なんだ、探偵小僧、おまえ本気でそんなことをいっているのか」

三津木俊助は心配そうな顔色である。ひょっとすると進の頭がすこしおかしくなったのではないかと思ったからである。

そんなことにはおかまいなしに、進は柵をこえると、怪人のへやのなかへはいっていった。そして、ひとつひとつ生人形を調べてみたが、どれもこれも、正真正銘《しょうしんしょうめい》の人形で、べつに怪しいふしもない。

「どうだ、探偵小僧、ほんものの人間がいたかい?」

「いえ、あの、べつに……」

しかし、それではさっきの声は、どこからきこえてきたのかと、進はまるでキツネにつまれたような顔色である。

海運丸

その夜十時、探偵小僧の御子柴進は、スーツ・ケースをぶらさげて、両国橋の東づめへ、ひとめをしのんでやってきた。

あのふしぎな声がいったのは、みんなほんとうだったのである。

その日の昼過ぎ、生徒たちがべんとうをたべおわったころ、ひとりの男が由紀子の担任の先生をたずねてきた。先生が名刺をみると、神田《かんだ》の大きな病院の名がすってあって、医学士、谷田五郎とある。会ってみると、谷田医学士と名のる男は白い手術着をきたままで、ひどくあわてたようすであった。

担任の松井ヤス子先生が用件をきくと、由紀子のおとうさんの池上三作氏が、自動車事故で大けがをして、いまうちの病院へかつぎこまれてきた。そこで、池上氏のたのみをうけて、由紀子をむかえにきたというのである。

このとき、松井ヤス子というのが、もうすこしものなれた先生だったらよかったのだけれど、なにしろ、ことし学校を出て、教師になったばかりの松井先生、すっかり相手の態度やことばにだまされて、神田の病院へ電話をかけて、たしかめてみようという分別も出なかった。大いそぎで運動場にいる由紀子をさがしだすと、谷田五郎という男に渡してしまった。谷田五郎というにせ医者は、しめたとばかりに、由紀子を自動車にのっけて、どこかへつれさってしまったのである。

こういうことがはっきりわかったのは、進が電話をかけてきたからで、それは夕方の四時ごろのことだった。それで、学校のほうもさわぎになれば、学校からのしらせによって、池上三作氏もおどろいた。しかし、それにしても探偵小僧がどうしてそのようなことをしっているのかと、進のいどころをさがしたが、進は、学校へ電話をかけてたしかめると、それきりゆくえをくらましてしまったのである。もし、池上社長や三津木俊助にとっつかまって、根掘り葉掘り、きかれてはこまると思ったからであろう。

探偵小僧の御子柴進が、両国橋の東づめ、橋より十メートルほど下流をさがしていると、はたして一そうのランチがもやってある。ランチの船尾をみると、そこにあかりがついていて、そのあかりのなかにありありとうきあがったのは、

「海運丸」

と、いう三文字。

進の胸は怪しくおどった。

それにしても、この海運丸のなかにいったいだれがいるのか。まぼろしの怪人はいま刑務所につながれているはずである。まえのことがあるから、こんどは厳重な監視のもとにおかれていて、脱獄など思いもよらぬはずなのだが……。

海運丸のそばまでいくと、河岸に石段がついている。

探偵小僧の御子柴進は用心ぶかくあとさきを見まわしたが、むろんあたりはまっくらで、人影とてはさらにない。遠くのほうで空がボーッとあからんでいるのは、たぶん浅草《あさくさ》あたりだろう。

進は用心ぶかく、石段を一歩一歩くだっていく。潮がみちるとこの石段は水のなかにかくれるらしく、ぬらぬらとしたこけがいっぱいついており、どうかすると足をふみすべらしそうになる。

その石段をおりると、石段からランチのカンパンまで小さな橋がかかっている。進が、その橋を渡ろうか、渡るまいかとためらっていると、

「探偵小僧か」

と、ランチの中から声がした。キャビンのなかにだれかひとがいるのである。

「ああ、そうだよ」

「うむ、よしよし、それでスーツ・ケースはもってきたか」

「ああ、もってきたよ」

「それもよしよしと、それじゃこっちへはいってこい」

進はちょっとためらったが、臆病者と笑われるのはいまいましい。それに、キャビンのなかにいるのがだれなのか、好奇心も手つだって、勇躍《ゆうやく》小さな橋を渡った。

そして、深呼吸いちばん、キャビンのドアをひらくと、ひとりの男がデスクにむかって、むこうむきにすわっている。頭から耳にかけて、無電の受話器みたいなものをかけているところをみると、無電技師なのだろうか。ずいぶん大きな男である。

探偵小僧の御子柴進は、すばやくキャビンのなかを見まわしたが、由紀子のすがたはどこにも見えない。

「おい、由紀子さんはどこにいるんだ」

進がドアのところでするどくきくと、

「由紀子はここにいないよ」

と、大男はあいかわらずむこうをむいたままである。

「なに、いない？」

進はカッとした。

「それじゃ、約束がちがうじゃないか。そっちがそっちなら、こっちにも考えがあるぞ」

「考えとはどんな考えだ」

「約束を守ってもってきてやったこのスーツ・ケースを、川のなかへほうりこんでしまうぞ」

進がドアのところから、身をひるがえそうとすると、

「まあ、待て、待て、きさまのような小僧っ子をだますようなおれではない。由紀子をかえすといったらきっとかえす」

そういいながら回転いすをクルリとまわして、こちらをむいた男の顔をみて、進は、おもわずアッと肝をつぶした。

それは等々力警部……いや、等々力警部にそっくりの男ではないか。しかも、等々力警部がこんなところにいるはずがないとすれば、こんなにじょうずに変装できる人間は、まぼろしの怪人よりほかにいるはずがない。

「ワッハッハ、探偵小僧、なにをそのようにぼんやりしているんだ。きさまとは切っても切れぬふかい縁、まぼろしの怪人にあいさつをしないのか」

「ああ、やっぱり……」

と、進はおもわずこぶしをにぎりしめた。

またしてもまぼろしの怪人は、みごと刑務所から脱走したのである。

スーツ・ケース

「ごめん、ごめん、探偵小僧」

と、等々力警部にそっくりのまぼろしの怪人は、白い歯をだして笑いながら、

「きみを疑ったわけじゃないが、もし、きみがへまをやって、三津木俊助や等々力警部

に尾行されると困ると思ったので、由紀子はほかのところへかくしておいた。いま話をさせてあげるからちょっとお待ち」

まぼろしの怪人はクルリとデスクのほうへむきなおると、

「ああ、もし、もし、八木か。こちらはまぼろしの怪人だ。由紀子はそこにいるね。ああ、そう、いま、探偵小僧がやってきたからね、これから由紀子と話をさせてやろう。ああ、そう、いや、スーツ・ケースをもってきたよ。ウム、ウム、そりゃ中身は検査してみるがね。じゃ、とにかく由紀子をそちらへ出してくれ」

ああ、まぼろしの怪人は無線にむかって話をしているのだ。かれが無線についてくわしいことは、いつか探偵小僧をつかって、刑務所の老看守に、催眠術をかけさせたことでもあきらかである。

しばらく、ピイピイという音がきこえていたが、

「ああ、由紀子ちゃんか。しばらく。ええ？　おれをだれだって？　なんだ、おれを忘れたのか。由紀子ちゃんと大の仲好し、まぼろしの怪人のおじさんじゃないか。ワッハッハ。いや、それはそれとして、いま由紀子ちゃんの大好きな、探偵小僧のおにいちゃんがやってきたからね。由紀子ちゃんと話をさせてあげよう。それじゃ、おにいちゃんとかわるよ」

まぼろしの怪人は耳から受話器をはずすと、

「さあ、これをかけて話をしてごらん」

と、進に席をゆずった。

進は受話器を耳にかけると、回転いすに腰をおろした。しかし、スーツ・ケースは用心ぶかくひざの上にかかえている。

「ああ、もしもし、由紀子さん？」

「ああ、御子柴さんなの」

と、由紀子の声がなつかしそうにはずんでいる。

「ああ、そう。由紀子さん、いまどこにいるの？」

「さあ、どこだかわからないの。さっきまで目かくしをされていたんだから……でも、心配しなくてもいいのよ。ちっとも乱暴はされなかったから」

「で、いまは目かくしをはずしているの？」

「ええ」

「それで、由紀子さんのいまいるところ、どんなところ？」

「それはわからないの。だって、由紀子のすわっているデスクのまわりだけあかりがついてて、あとはまっくらなんですもの」

「でも由紀子さんのそばにだれかいるんだろう。それ、どんなひと」

「おじいさんよ。とってもやさしいおじいさんよ。やぎひげをはやしている」

「エッ？」

と、おもわず探偵小僧の御子柴進は、両方のこぶしをにぎりしめた。

「それに、うちの主催の防犯展覧会のマークのはいった、ふちなし帽子をかぶっていて、それはそれはやさしいのよ」

進は、脳天からグシャとひっぱたかれたようなかんじであった。

ああ、それではあの眠そうな顔をしたやぎひげの守衛が、まぼろしの怪人の部下だったのだ。わかった。わかった。それでなにもかもはっきりした。

あのやぎひげのじいさんは腹話術ができるのだ。

しょくんは腹話術をしっているだろうか。腹話術というのは腹のなかの横隔膜《おうかくまく》を震動させて、話をする術である。だから、当人はちっとも唇《くちびる》を動かさず、また、腹のなかから出る声は、どこかちがった方角からきこえるようにかんじられるのである。

だから、あのやぎひげの老人は、こっくりこっくり、舟をこぐまねをしながら、腹話術で探偵小僧と話をしていたのである。

「あの御子柴さん、どうなすって？　どうしてだまっておしまいになったの？」

「いや、いや、なんでもないんだ。それで、そのやぎひげのおじいさん、どういってるの」

「いまに御子柴さんがここへむかえにきてくれるから、心配はいらないといってるの。ただ、それにひとつの条件があるんですって」

「条件てどんな条件？」

「御子柴さん、あなたいまスーツ・ケースをもってらっしゃる？」

「ああ、もってますよ」

「そのスーツ・ケースを無条件で、いまそちらにいるひとに渡すの。そうすると、そちらにいるひとが、あたしのいるところを教えてくれるんですって」

「ああ、そうか、わかりました」

「それじゃ、そのスーツ・ケース、そこにいるひと、……まぼろしの怪人に渡してちょうだい。そして、あたしのいどころをきいてちょうだい」

「うん、よし」

「それじゃ、おねがい、できるだけはやくむかえにきて」

由紀子との通話はそれできれた。

進は回転いすから立ちあがると、

「まぼろしの怪人、さあ」

と、スーツ・ケースをさしだしながら、

「由紀子さんのいどころは？」

「まあ、待て、待て、中身をあらためてからだ」

むこうむきになって、スーツ・ケースの中身を調べていたが、やがてこちらをふりかえると、

「赤坂山王《あかさかさんのう》、ヤマト・ホテル二階七号室、ドアにはカギがかかっていない」

「赤坂山王、ヤマト・ホテル二階七号室だね」

と、進はおうむがえしに復誦《ふくしょう》して、

「よし!」

と、叫んで海運丸からとびだしたが、はたしてかれの行くてには、いったいなにが待ちかまえていたか。そしてまた、進のはこんできたスーツ・ケースのなかには、いったいなにがはいっていたのだろうか。

ヤマト・ホテル

赤坂山王にあるヤマト・ホテルというのは中くらいのホテルである。それだけに一流中の一流ホテルとちがって、気軽に泊まれるという便利さがあって、いつもへやはふさがっている。

中くらいのホテルといっても、客種までが中くらいというわけではない。一流の名士でも、一流ホテルはきゅうくつでいけないというようなひとは、気軽にとまれる、ヤマト・ホテルを利用するのである。だから、中くらいのホテルといっても、お客さんのなかには一流のひとがそうとう多いのである。

さて、九月二十五日午後十一時——と、いえば、探偵小僧の御子柴進が、両国河岸《りょうごくがし》の海運丸をとびだしてから、半時間ほどのちのことである。

ヤマト・ホテルのフロントで、支配人の権藤《ごんどう》さんが、たいくつそうに夕刊を読んでいると、そこへつめえりの少年がやってきた。
「ちょっと、おたずねしますが……」
「えっ、なに？」
と、ギクッと夕刊から目をあげた支配人は、少年のすがたをみると、なあんだという
ような顔をして、
「びっくりさせるじゃないか。いま銀行をおそった白昼強盗の記事を読んでいたところ、
だしぬけに声をかけるもんだから、ギクッとしたぜ。ときになにか用か」
「はあ、このホテルの二階七号室には、いまどういうひとが泊まってるんですか」
「なに、二階七号室だと……？」
と、支配人は少年のすがたを見なおしたが、つめえりのえりについているバッジに目
をとめると、
「なあんだ、おまえ、新日報社の小僧だな。いまごろインタビューを取りにきたってだ
めだぜ。何時だと思う。もう十一時を過ぎてるじゃないか」
「はあ、でも、ちょっと……」
「だめだ、だめだ、それに桑野《くわの》さつきさんはさっきここへ電話をかけてきて、今夜は頭
痛がするからだれにも会わない。だれがきてもことわってほしいということだった。イ
ンタビューしたいんならあしたにでもしな」
〈なんだって？　桑野さつきだって？〉

と、探偵小僧の御子柴進は、心のなかでおどろいた。

桑野さつきといえば、日本がうんだ世界的声楽家である。ソプラノ歌手としては、世界でも五本の指におられるくらいで、歌劇の本場イタリアで「蝶々夫人《ちょうちょうふじん》」を歌って絶賛をはくしたばかりか、南欧のある王国の王様のまえで、日本民謡を歌ったところが、いたく王様のお気に召して、ごほうびとして、『地中海の星』と名づけられたダイヤモンドを、ちょうだいしたということが、当時、日本の新聞にも、はなやかにつたえられたのである。

その桑野さつきが、いま日本に帰っているということは、進もしっていたが、そのひとがヤマト・ホテルの、しかも二階七号室の客であるとは……。

探偵小僧の御子柴進は、にわかに胸さわぎが大きくなってきた。

まぼろしの怪人がさっきいった場所は、たしかにヤマト・ホテルの二階七号室であった。そこに由紀子がやぎひげの守衛といっしょにいるというのである。ところがそこは桑野さつきのへやだという……。

ひょっとすると、じぶんはまぼろしの怪人にだまされたのではないか。

だが、そのとき探偵小僧の頭にサッとひらめいたのは、桑野さつきが南欧の王様からいただいたダイヤモンド、『地中海の星』のことである。

まぼろしの怪人といえば、宝石狂といわれるくらいだ。ひょっとすると、桑野さつきになにかまちがいがあるのではないか。

「おじさん、おじさん！」

進が興奮して、おもわず大きな声をあげると、

「なんだ、小僧、おまえまだそこにいたのか」

「おじさんにちょっとおたずねしたいんですが、きょう桑野さんのところへ、十三、四歳のかわいいお嬢さんが、やぎひげのおじさんといっしょに来ませんでしたか」

「十三、四歳のお嬢さん……？　うんにゃ、そんなもん来やしなかったよ」

進はちょっと考えたのち、

「それじゃ、おじさん、桑野さんのところへきょう、大きなトランクか支那カバンか、なにかそんなものがとどきゃしませんでしたか」

「なんだい、おまえよくしってるな。そうそう、そういえば、やぎひげのじいさんが、きょうの夕方の六時ごろ、大きなトランクをはこんできたっけ。だけど、小僧、今夜はおそいからあしたにしな。おれは銀行強盗の記事を読んでるんだから、あんまりじゃまをしないでくれ」

支配人はくるりと進に背中をそむけると、デスクの上に足をなげだして、また熱心に夕刊の記事を読みはじめた。

「おじさん、どうもありがとう」

進もクルリとフロントに背中をむけると、すばやくあたりを見まわした。

ロビーには二、三人の客のすがたもみえたが、みな本を読んだり、手紙を書いたり、

だれひとりこちらを見ているものはない。

制服制帽のボーイがひとり、ロビーの入り口のテーブルにすわっているが、いいあんばいにこっくり、こっくり舟を漕《こ》いでいる。そのボーイのすぐそばに、二階へあがる階段がある。その階段の上の壁にかかっている時計を見ると、時刻はまさに十一時半。

進はなにくわぬ顔をして、ボーイのまえを通りぬけると、足音をころしてひといきに二階へ階段をかけのぼった。

二階七号室

二階の七号室というのはすぐわかった。階段をあがって廊下《ろうか》をつきあたり、左へ曲がるととっつきのへやである。

まぼろしの怪人のことばによると、ドアにかぎはかかっていないという。

探偵小僧の御子柴進は、すばやく廊下のあとさきを見まわしたが、さいわいどこにも人影はない。こころみに七号室のドアのとってをひねってみると、ガチャリと音がして、なんなくドアは手前へひらいた。

へやのなかはまっ暗である。

進はもういちど、廊下のあとさきを見まわしたのち、すばやくへやのなかへすべりこむと、ピッタリうしろのドアをしめた。

一しゅん、二しゅん。──

まっ暗なへやのドアのうちがわに立ったまま、進が呼吸をととのえていると、暗がりのなかから、ギチギチいすのきしむ音とともに、ハアハアとあらい息遣《いきづか》いがきこえてくる。

「由紀子さん？」

と、進が息をひそめて声をかけると、それに応ずるかのようにギチギチといすのきしむ音が高くなり、ウウムと押しころされたようなうめき声がきこえてくる。

進は暗がりのなかを手さぐりで、壁の上のスイッチをさがした。さいわいスイッチがすぐ手にさわったので、カチッとそれをひねるとへやのなかがぱっと明るくなり、それと同時に進は、

「あ、ゆ、由紀子さん！」

と、おもわず叫んで息をはずませた。

由紀子は身動きもできないように、厳重にしばられて、ソファーの上に寝かされている。しかも、さるぐつわをかまされているので、声を立てることもできないのである。

しかし、由紀子は恐れたり、こわがったりはしていない。さるぐつわをはめられているので、口をきくことはできないけれど、進をみている目もとは笑っている。

「由紀子さん！」

進はいそいでそばへかけよると、まずさるぐつわをとり、それから、ナワを解きにか

かった。

「由紀子さん、やぎひげのじいさんはどうしたの」

「さっき、御子柴さんと無電の連絡がとれるとすぐ出ていったわ」

「そのじじいが由紀子さんをこんなにしていったの」

「ええ、あたしが叫んだり、あばれたりしちゃいけないと思ったからでしょう。あたし、御子柴さんがおむかえにきてくださると信じていたから、おとなしくおじいさんのするままになっていたの」

「由紀子さんはどうして……いや、どういうふうにして、ここへつれてこられたの」

「それがちっともわからないのよ。パパが大けがをしたといって、お医者さんみたいななりをした若い男のひとが、自動車でおむかえにきたの。それでなにげなく自動車にのったら、いきなりしめったガーゼみたいなもので、鼻や口をふさがれてしまったの。それっきりあとのことがわからなくなってしまって、こんど気がついたらこのへやにいたのよ」

「眠り薬をかがされたんだね」

そういいながら探偵小僧の御子柴進は、へやのすみにある大きなトランクに目をやった。由紀子はおそらくそのトランクにつめこまれて、このへやへかつぎこまれたにちがいない。

「ああ、やっと楽になったわ」

進にすっかりナワを解いてもらうと、由紀子は床の上に立って、ラジオ体操のまねをしながら、

「ああ、そうそう、御子柴さん、パパが大けがをしたというのうそでしょう」

「もちろん、そんなことうそっぱちですよ」

「そう、それで安心したわ。あたし、ちょっとくらいこわい思いをしたからって、パパにけががなかったほうが、どんなにうれしいかもしれないわ」

由紀子はこのとおり勇敢《ゆうかん》で、また親孝行な少女なのである。

「だけど、由紀子さん」

と、進は息をひそめて、

「あなた、ここがだれのへやだかしってる?」

「いいえ、しらないわ、だれのへや?」

「ここへきてから、やぎひげのじじい以外だれにも会わない?」

「いいえ、だれにも……」

と、いってから、由紀子は急に気がついたように、

「ああ、そうそう、あのひと、やぎひげなんかくっつけて、おじいさんに変装してたけれど、ほんとうはまだ若いひとなのよ。きっと三十歳くらいのとしよ」

「ああ、そう」

と、進はそういいながらも、気になるようにじいっとときき耳を立てている。このへや

はふた間つづきになっていて、ドアのむこうに寝室があるはずなのだが、その寝室はシーンとしずまりかえっていて、ひとのいるけはいはさらにない。

「御子柴さん、ど、どうかして？」

進の顔色をみて、由紀子もにわかに不安になってきたのか、おもわず声をふるわせる。

「由紀子さん、あなたここにじっとしていらっしゃい。ぼく、ちょっととなりのへやを調べてきます」

進はそっと寝室のドアのまえまでいくと、二、三度かるくノックしながら、

「もしもし、桑野さん、桑野さつきさんはいらっしゃいますか」

「桑野さつきさんですって！」

由紀子もおもわず大きな叫びをあげかけた。桑野さつきなら由紀子だって名まえをしっている。

「それじゃ、ここ、桑野さつきさんのおへやなの？」

「シッ！」

と、それをおさえて、探偵小僧の御子柴進は、なおも二、三度、桑野さつきの名まえをよんだが、あいかわらずドアのむこうはシーンとしずまりかえって、なんの返事もないのである。

こころみに進がドアのとってをひねってみると、ここも、かぎがかかってなくて、ガチャリという音とともにドアがひらいた。

と、そのとたん、鼻をつまれてもわからぬような暗がりのなかから、ツーンと鼻をついたのは異様なにおいだ。

進は暗やみのなかに立ったまま、おもわず全身をふるわせた。

それはたしかに血のにおいではないか！

復讐第一号

赤坂山王にあるヤマト・ホテルは、いまや上を下への大騒動である。

進の電話によって、まずいちばんに池上社長と三津木俊助がかけつけてきたときは、ホテルの権藤支配人もまだなにごとが起こったのかしらなかった。探偵小僧の御子柴進が、二階の七号室から電話を外線につないでもらって、直接、池上社長のところへ連絡したからである。

ちょうどさいわい、池上社長のところへ三津木俊助もきていたので、進の電話をきくと、ふたりが大急ぎでかけつけてきたのである。

「な、な、なんですって！　このホテルのなかで人殺しがあったって？　そ、そんなばかな！　そ、そんなばかなことが！」

と、権藤支配人は頭からポッポッと湯気を立てながら口からつばをはきとばした。人殺しがあったなんてことになると、ホテルの信用にかかわるからだ。

「しかし、たったいまここの二階の七号室から、そういって電話がかかってきたんだ。七号室でひとが殺されてるって」

三津木俊助がおだやかにいってきかせたが、それでも支配人は信用しない。

「いったい、だれが電話をかけたというんです。殺された人間が、わたしはヤマト・ホテルの二階七号室で殺されましたって、電話をかけたというんですかい。それとも殺したやつが、わたしはいま人殺しをしましたから、すぐにつかまえにきてくださいと、わざわざ報告したというんですかい」

「いや、まあ、なんでもよいから……」

と、押し問答をしているところへ、ドヤドヤとかけつけてきたのは警視庁の等々力警部、警視庁でも腕ききの刑事を数名ひきつれている。

「やあ、池上社長に三津木俊助くん。いま探偵小僧から電話がかかってきたんだが、人殺しがあったというのはほんとうですか」

「いや、いまそれについて支配人と押し問答をしているんですが、このひと、どうしても信用してくれないんです」

「ああ、そう、それじゃ支配人、うそかほんとうか、とにかくそのへやへ案内してもらおうじゃないか」

警視庁の警部から要請をうければ、支配人といえどもいやとはいえない。

「ばかな……そんなばかなことが……だれかがいたずらをしたにちがいないんだが……」

と、ぶつくさいいながら、みずからさきにたって、二階の七号室へ案内すると、

「おや、ドアがひらいている……」

と、はじめて不安そうな声を出したが、なかをのぞいて、ひとめ探偵小僧のすがたを見ると、

「やっ、きさまはさっきの小僧！　さては、きさまがいたずらを……」

だが、そういうことばもおわらぬうちに、探偵小僧のうしろから、由紀子がとびだしてきて、池上三作氏に抱きついたのには目をまるくした。

「パパ！　たいへんよ、たいへんよ。となりのへやで、ソプラノ歌手の桑野さつきさんが……」

由紀子のことばをみなまできかず、等々力警部と三津木俊助、それから警部のひきいてきた刑事たちが、なだれをうってとなりの寝室へとびこんだが、とたんにウウンとうなってその場に立ちすくんだ。

桑野さつきはことしたしか二十八歳である。数年まえ、トキワ音楽学校の声楽科をトップで卒業し、それからまもなく外遊して、ヨーロッパで大いに技をみがき、ついに世界五大歌手のひとりとまでいわれたほどの女性だが、いまやその名歌手も、つめたい死骸《がい》となって、ベッドの上に横たわっているのである。

彼女ははでな絹のガウンを着て、あお向けにベッドの上に倒れているが、そのガウンの胸のあたりがグッショリと血で染まっている。なにかするどい刃物でひと突きに、心

臓をえぐられたにちがいないが、その刃物はどこにも見あたらなかった。

刺されたとき、さつきは細長いレースの肩掛けをしていたらしく、その肩掛けはいまも彼女の肩にかかっていて、右手でしっかりその肩掛けの端をにぎりしめているのだが、どういうわけかその肩掛けは、まんなかからまっぷたつに切られていて、あとの半分はなくなっていた。

「肩掛けを半分に切って、その切れ端で血に染まった手や、凶器の刃物をぬぐっていったのではないかな」

と、等々力警部がつぶやいたが、あるいはそうかもしれないし、そうでないかもしれなかった。

どちらにしても犯人が、なにかさがしていたらしいことは、へやのなかが徹底的にかきみだされているのでもわかるのである。

トランクもスーツ・ケースもこじあけられて、中身が床の上に散乱している。ベッドのわらぶとんまで引きさかれて、中身が床の上につかみだしてある。

「犯人はあきらかに、桑野さつきの持っている、あの有名なダイヤモンド『地中海の星』をねらっていたんだな」

等々力警部がまたつぶやいたが、そのときである。探偵小僧の御子柴進がうしろから大声で叫んだ。

「警部さん、それはそうかもしれませんが、しかし、あの鏡の上の文字はいったいなにを意味しているのでしょう」

その声に一同がギョッとふり返ると、へやのすみに大きな三面鏡がおいてあるが、その三面鏡のうちの中央の一枚の鏡の上に、まっかな血で書いてあるのは、

「復讐《ふくしゅう》第一号」

スーツ・ケースのなぞ

その翌日の新聞は、世間をアッといわせるような記事でいっぱいだった。

そのだいいちがまぼろしの怪人の脱獄である。しかも、こんどのまぼろしの怪人の脱獄のやりかたときたら、大胆といおうか、乱暴といおうか、筆にもことばにもつくしがたく、ラジオできき、新聞で読んだひとびとのことごとくがアッとばかりに舌をまいて驚嘆したものである。

すなわち、まぼろしの怪人の一味の者が、刑務所の外部から地下道を掘って、まぼろしの怪人が収容されている独房まで連絡をつけたのである。

刑務所では九月二十四日のま夜中ごろ、もっと正確にいえば、二十五日の午前二時ごろ、とつじょ起こったごうぜんたる物音に眠りを破られた。すわなにごとと看守たちが、おっとり刀でかけつけたのが、まぼろしの怪人の収容されていた独房である。かけつけたものの独房のなかは、もうもうたる煙が立ちこめているばかりではなく、二度、三度

とひきつづいて起こる爆発のために、あぶなくてだれも近よれなかった。

やっとその爆発もおさまり、もうもうたる煙もうすれてみると、独房のなかは石やコンクリートの固まりで埋まっていた。外部から地下道を掘ってきて、そこからまぼろしの怪人を、救いだしたらしいということはわかっていても、その地下道の入り口がすっかり埋まってしまっているので、どこへ通じているのか見当もつかなかった。

やっとその爆発物をとりのけて、地下道らしいものをさぐりあてたころには、まぼろしの怪人はとっくの昔に、東京の雑踏のなかにすがたを消してしまっていたのである。

そのやりくちの大胆にしてめんみつなこと、またその大仕掛けな方法に、刑務所がわはいうにおよばず、世間のひとびとがアッとばかりに驚嘆したのもむりはない。

さて、そのつぎに世間のひとびとをおどろかせたのは、九月二十五日の午後二時半ごろ、銀座裏にある三星銀行をおそった大胆不敵な白昼強盗の一件である。

午後二時半といえば、そろそろ銀行がしまる時刻で、したがってそうたくさん客もいなかった。銀行のほうでも、そろそろ帳簿をしまいかけていたが、そこへ乗りこんできたのが二人組の強盗である。

ふたりとも西洋のギャング映画まがいに、鳥打ち帽をまぶかにかぶり、ネッカチーフのようなもので覆面をしていたので、人相はよくわからなかったが、どちらもまだ年若い男のように見受けられた。

ふたりはまずピストルでもって、行員をおどし、全員を支店長のへやへかんづめにしてしまった。それから電話の線を切り、ひとりが支店長をおどかして、金庫のなかへ案内させた。そして、そこにあった数千万円という札束を、用意してきたスーツ・ケースのなかにつめこむと支店長もほかの行員たちといっしょにかんづめにして、へやの外からかぎをかけてしまった。

ここまでは強盗たちもうまくやったのである。ところがそのあとがいけなかった。強盗たちがゆうゆうと、スーツ・ケースをぶらさげて、銀行から外へ出ようとするところへ、表から帰ってきたのがこの銀行の守衛であった。

守衛はようすがおかしいと思ったので、すぐに、もよりの交番へとどけた。交番からはおまわりさんが三人、おっとり刀でかけつけてきて、二人組の強盗の追跡がはじまった。

二人組はべつべつになって逃走したが、そのうちのひとり、スーツ・ケースをぶらさげたほうは、おりから新日報社主催の防犯展覧会がひらかれている、ほてい屋デパートへ逃げこんだのである。いや、ほてい屋デパートへ逃げこんだらしいと、あとになってからわかってきたのである。

しかし、そのときにはもうほてい屋デパートはしまっており、したがってひとりも客はいなかった。こうして、大胆不敵な白昼強盗は、三星銀行銀座支店から、まんまと数千万円という金をうばって逃走したのだ……。

と、こういう記事を翌朝の新聞で読んだとき、探偵小僧の御子柴進は、大きなショックにうたれると同時に、なんともいいあらわしようのない怒りが、むらむらと腹の底からこみあげてくるのをおさえることができなかった。

わかった！　わかった！

進のはこんだスーツ・ケースのなかには、三星銀行から強奪した紙幣がぎっちりつまっていたにちがいない。

かれらはあらかじめ、失敗するときのことをおもんぱかって、手まわしよく由紀子を誘かいしておいたのだ。そして、二人組の強盗が、警官たちの追跡をうけたとき、ひとりがほてい屋デパートへとびこんで、あの「まぼろしの怪人のへや」のなかへ、なにくわぬ顔をして、スーツ・ケースをおいといたのだ。

それとはしらず探偵小僧の御子柴進が、わざわざまぼろしの怪人のところまで、運んでやったわけである。進はまえにもいちど、まぼろしの怪人に利用されたことがある。それだけに進の怒りと腹立ちは、このうえもなく大きかった。

だが、こうして、白昼の銀行強盗もまぼろしの怪人一味のしわざとわかったが、わからないのは桑野さつきの殺人事件である。

さつきのへやはくまなく捜索されたが問題の『地中海の星』はどこからも出てこなかった。だから、その宝石をうばうために、まぼろしの怪人が部下にやらせた仕事とみられないこともないが、それにしては三面鏡の上に書きのこしてあった、「復讐第一号」の血文字はなにを意味するのだろうか。

八号室の客

　赤坂山王にあるヤマト・ホテルの二階七号室で殺人事件があってから二日のち、もっと正確にいうと九月二十七日の夜十一時ごろ、ホテルの正面入り口からはいってきたひとりの紳士《しんし》がある。

　年のころは五十五、六歳、でっぷりふとって背も高く、いかにも一流の実業家らしいようすで、あとからついてきた運転手がかついでいるトランクに、外国のラベルがいちめんにはりつけてあるところを見ると、ちかごろ世界漫遊から帰ってきたひとらしい。

　紳士はつかつかとフロントのそばへよると、

「さっき電話でへやを申しこんでおいたものだが……」

「ああ、早川《はやかわ》さんで、いらっしゃいますね」

と、うやうやしくフロントのなかからむかえたのは、権藤支配人である。

「ああ、そう」

と、早川紳士は、おうようにうなずいた。

「たしか二階がご希望のようでしたが……」

「ああ、一階はうるさくてかなわんし、三階以上は、エレベーターがとまったとき、階段のあがりおりが、やっかいだからな」

「とんでもない。当ホテルでは、エレベーターがとまるようなことは、絶対にございませんよ」

「いや、そりゃあそうだろうが、このあいだ、ニューヨークでとても困ったからな」

「ああ、アメリカからのお帰りで？」

と、権藤支配人はトランクにはったラベルに目をやった。

「ああ」

「ニューヨークでお困りになったとおっしゃるのは……？」

「いやね。あいにく、エレベーターの操作がかりのストライキにぶつかってね。わたしはホテルの八階にとまっていたんだが、八階までの階段のあがりおりにはまいったよ。だから、こんごいっさい、二階より上へは泊まらんことにきめたんだ」

「ああ、そうそう、そんなことがこのあいだ新聞にのっておりましたね。そりゃお困りでしたでしょう。ちょうど二階にへやがひとつあいておりましたので、さっきお電話をうかがってとっておきました。八号室ですがいかがでしょうか」

と、権藤支配人は相手の顔色をうかがっている。八号室といえば、殺人事件のあったへやのとなりである。

「いや、八号だって九号だっていいよ。二階ならね」

と、すましているところをみると、このひとは殺人事件のことはしらないらしい。

「そうですか、それじゃさっそくご案内させましょう」

と、権藤支配人が合図をすると、すぐボーイがとんできた。

「このかたを二階へご案内しなさい。八号室だ」

と、権藤支配人がなにか意味ありげに目くばせしたのは、殺人事件のことはいってはならぬということだろう。

ボーイも心得たもので、

「はあ、それでは……」

と、運転手からトランクを受け取ると紳士が記帳のおわるのを待っている。

紳士が宿泊者名簿に署名したところをみると、名前は早川純蔵《じゅんぞう》といい、年齢は五十六歳、職業は骨とう商とある。おそらく日本の骨とう品を外国へ売り歩く商売なのだろうと、権藤支配人は想像した。

「やあ、ご苦労、ご苦労」

早川紳士は送ってきた運転手に料金を支払ったが、よほどチップをはずんだとみえて、運転手は米つきバッタみたいに、ペコペコしながら立ち去った。

それをみてホテルのボーイも、よきお客ござんなれ、じぶんもチップにありつこうと、トランクをかついで二階の八号室へ案内する。

「ああ、ご苦労だった。トランクはそこへおいといてくれたまえ、ときに両どなりともお客さんがいるんだろうねえ」

「ええ、それが……」

と、ボーイがちょっと返事に困ったのは、七号室は警察の命令で、いまのところあいているのである。しかし、早川紳士はべつにふかい意味があってきいたのではないらしく、

「じゃ、これを」

と、多額のチップをにぎらせたので、ボーイは平身低頭せんばかり、となりの寝室だのバスだのトイレだの説明して、

「それじゃ、ご用がございましたら、そこのベルを押してください」

「いや、もう今夜は用はないよ。バスにはいってゆっくり寝るだけだ」

「ああ、そう、それではおやすみなさいまし」

と、ボーイが出ていくと、早川紳士は、ドアの内側からかぎをかけ、なにか耳をすましているようすだったが、やがて浴室へはいって湯のせんをひねった。

そして、またへやへ帰って、なにか考えごとをしながら、葉巻を吸っていたが、やがてバスに湯がいっぱいになったようすに、やおら立ちあがって、また浴室へはいっていった。はたしてバスがいっぱいになっていたので、せんをひねって湯をとめると、そのままはだかになってバスへはいるのかと思いのほか、もういちどへやへとってかえすと、やっこらさと、トランクを肩にかつぎあげた。

いったい、トランクをかついでどこへいくのかと思っていると、そのまま浴室へはいっていって、なかからガチャリと掛け金をかけた。

奇妙奇妙。このひとはふろへはいるのにいちいちトランクをかつぎこむのか。それともへやのなかへ残しておいては、盗まれるとでも思っているのか。ドアには内側からかぎがかかっているのに。

押し入れのなか

それから半時間ほどのち、ヤマト・ホテル二階八号室の浴室のドアが内側からひらいて、そこからヌーッと顔をのぞけたのは、なんと、早川紳士とは似ても似つかぬ男ではないか。

さっきもいったとおり、早川紳士は五十五、六歳の、でっぷりふとって血色のよい老人で、頭の髪なども銀灰色をしていたのに、いま浴室から出てきた男は、やっと三十歳になるやならずの年ごろの、背こそ高いがやせぎすの、鼻もあごもほお骨も、ピーンととがった男である。髪の毛なども黒々と、カラスのぬれ羽色である。それに多少やぶにらみだ。

それでは、この八号室には早川紳士がはいってくるまえに、この男がしのびこんでいたのであろうか。いや、いや、そうでないらしい。やぶにらみの男が出てきたあとの浴室には、だれも残っていないのである。

わかった、わかった、早川紳士は浴室のなかで変装して、この男にかわったのだ。いや、やぶにらみの男が早川紳士に変装していたのかもしれない。いや、いや、早川紳士もやぶにらみも、両方ともだれかの変装かもしれぬ。

ああ、ひょっとするとこの男こそ、まぼろしの怪人ではあるまいか。そうだ、そうだ、まるでひとがかわったように、こんなにじょうずに変装できるのは、まぼろしの怪人以外にはいないはずだ。おそらくあのトランクのなかには、変装道具がぎっしりつまっているのであろう。

それにしても、まぼろしの怪人はこのホテルに、いったいなんの用があってきたのだろう。桑野さつきのダイヤモンド、『地中海の星』ならば、怪人の部下がうばったはずなのに。

やぶにらみの男に化けたまぼろしの怪人はいすに腰をおろして、スッパスッパと、葉巻をくゆらせている。葉巻をくゆらせながらも、ときどき、ガウンのポケットから、懐中時計を出してみるのは、だれかを待っているのか。それとも夜のふけるのを待っているのではあるまいか。どうやらあとのほうらしい。

とうとう怪人は動きだした。まさに午前一時。さすがひとの出入りのはげしいホテルも、午前一時ともなれば、シーンと静まりかえっている。

やぶにらみの男はいすからすっくと立ちあがると、身にまとっていたながいガウンをぬぎすてた。と、その下に着ているのは、ぴったり身についた総タイツ。しかも上から下までまっ黒である。

まぼろしの怪人はツツーとすり足でドアのそばまでいくと、とってをにぎって、じいっと外のけはいをうかがっている。見ると腰にバンドをまきつけ、そのバンドには革のサックがぶらさがっている。

まぼろしの怪人はしばらくおなじ姿勢で、外のようすをうかがっていたが、やがて安心したのかかぎをひねって、そろそろドアをひらいて外をのぞいた。廊下にはひとのすがたはさらにない。

まぼろしの怪人は、ヒラリとドアからとびだすと、用心ぶかくあとをしめて、ぴったり壁に背中をくっつけたまま、となりの七号室のほうへにじりよっていった。七号室のドアにはもちろんかぎがかかっている。しかし、まぼろしの怪人にかかっては、そんなことは問題ではない。腰のサックから取りだした万能かぎで、しばらくかぎ穴をガチャつかせていたが、ものの一分もたたぬうちに、なんなくドアがひらいて、まぼろしの怪人はすばやくなかへすべりこんだ。

七号室のなかはまっ暗である。まぼろしの怪人はぴったりドアをしめると、しばらく外のようすをうかがっていたが、やがて、腰のサックから取りだしたのは懐中電燈である。むろん、スイッチをひねれば電気がつくのだけれど、もし、ボーイが通りかかって、あやしまれるのを恐れたのである。

まぼろしの怪人は懐中電燈の光でへやのなかを見まわすと、やがてつぎのドアへすすんでいった。そのドアにもかぎがかかっていたが、まぼろしの怪人の手にかかると、これまたぞうさなくひらいた。

そのドアの奥は桑野さつきの殺されていたへやである。

まぼろしの怪人は、そのへやへはいると、懐中電燈の光で……ずらりとあたりを見まわしたが、やがて、ベッドのそばへすすんでいった。

そして、わらぶとんをめくってみたり、頭部や足元の金具をたたいてみたり、さてはベッドの足を一本一本、調べてみたりしているところをみると、どうやらダイヤモンドをさがしているらしい。そうすると、まぼろしの怪人の部下は、ダイヤモンドを盗みそこなったのであろうか。はたして、

「ほんとにばかなやつだ。あいつが人殺しをしようとは思わなかったよ。人殺しをしたうえに、ダイヤモンドを手に入れそこなうなんて、なんてとんまなやつだろう」

ぶつくさ口のうちで、つぶやきながら、こんどは備えつけの化粧ダンスを調べはじめる。

「警視庁に手をまわして調べたところでは、警察でもダイヤモンドは手に入れておらんのだ。そうすると、たしかにこのへやにあるはずなんだが、あの女め、どこにダイヤモンドをかくしおったのか」

化粧ダンスのなかにもダイヤモンドはなかった。まぼろしの怪人は思案顔で寝室のなかを懐中電燈で見まわしていたが、ふと目についたのはへやの片すみにある押し入れである。

まぼろしの怪人は足音もなく、その押し入れのまえへ近よると、そっとドアをひらいたが、とたんにアッと叫んで立ちすくんだ。押し入れのなかからまっ正面にうけた懐中電燈の強い光に、いっしゅん目がくらんだのである。

「うぬ、だれだ！」

と、まぼろしの怪人もサッと押し入れのなかへ懐中電燈の光をむけたが、なんとそこに立っているのは探偵小僧の御子柴進ではないか。

進は左手に懐中電燈、右手にピストルをにぎっている。

「お、おのれ！　探偵小僧！」

と、まぼろしの怪人はおもわず歯ぎしりをして、するどく叫んだ。

非常ベル

「アッハッハ、まぼろしの怪人さん。やっぱりこのへやへたずねておいでなすったね」

探偵小僧の御子柴進は、白い歯を出してにこにこ笑った。

とうとう、このまぼろしの怪人をとりおさえた探偵小僧は、うれしくてうれしくてたまらないのである。しかし、相手の神出鬼没の活躍ぶりを、だれよりもよくしっている探偵小僧は、けっしてゆだんはしていない。手錠をはめてしまうまでは、ぜったいに気を許すことのできない相手であることを、進はよくしっている。

「まぼろしの怪人、手をあげたまま三歩うしろへさがってください」

「ウウム」

と、やぶにらみのまぼろしの怪人は、くやしそうにやぶにらみの目で、進をにらみつけたが、飛び道具にはかなわない。両手を上にさしあげたまま、いわれるとおり、三歩うしろへあとずさりした。

「それにしても探偵小僧、きさまどうしておれがここへくることをしっていたのだ」

「ゆうべだれかがこのへやへしのびこんで、そこらをひっかきまわしていったのでね」

「なに？」

「さっき、あなたはひとりごとをいってましたね。あいつが人殺しをしようとは思わなかった。人殺しをしたうえに、ダイヤモンドを手に入れそこなうなんて、なんてとんまなやつだろうって……。と、いうことは、そのとんまなやつがもういちど、このへやのなかをさがしにきたのでしょう。きっと、まぼろしの怪人は、まだダイヤモンドを手に入れていないということを意味しています。とすれば、いまにきっと首領のあなたが、じきじきご出馬とくるにちがいないと思ったんです」

「なるほど、きさまなかなか頭がいい。それでおれをどうする気だ」

「いや、これから非常ベルを鳴らします。そうすればホテルじゅうのひとびとがここへ集まってきます。そうなれば、いくらあなたがまぼろしの怪人だって、逃げだすことはできますまい」

さては三津木俊助や等々力警部、また警官たちはきていないのかと、まぼろしの怪人は心のなかでニヤリと笑った。

探偵小僧はゆだんなく、相手のからだに懐中電燈の光を向けたまま、じりじりと壁のほうへよっていく。探偵小僧の御子柴進はあらかじめ非常ベルの位置を調べておいた。それはへやのすみにそなえつけてあり、そこからひもがぶらさがっているのである。

しかし、へやのなかがこう暗くては、ひもをさがすのにやっかいである。うっかり懐中電燈の光を、まぼろしの怪人から、ほかへうつすと、そのすきに、相手がなにをやらかすかわからない。

進とまぼろしの怪人は、にらみあったへやのなかでジリジリと半円をえがいた。いまや進は寝室のドアのところに立っている。電気のスイッチはそのドアの、すぐ右のところにとりつけてある。

進は、ピッタリ壁に背中をくっつけて、スイッチの位置をさがしたが、すぐにボタンを背中でつよくぐいと押すと、カチっと音がして、パッとへやのなかに電気がついた。

進は総タイツのまぼろしの怪人をみると、白い歯を出してニヤリと笑った。

「アッハッハ、まぼろしの怪人さん、まるで外国の映画みたいなすがたですね」

そういいながら、怪人が腰にまいた革のバンドに目をつけると、

「怪人さん、そのバンドをはずしてベッドの上へ投げだしてください。ただし、そのサックのほうへ手をやると、ズドンと一発うちますよ」

そのサックのなかにはピストルがはいっているのである。

「ち、ちくしょう」

まぼろしの怪人はくやしそうに歯ぎしりしながら、バンドをはずして、ベッドの上に投げだした。

「ありがとう、怪人さん、それじゃもういちど位置をかえましょう。非常ベルのひもはベッドのそばにぶらさがっているのですから」

怪人はベッドのまくらもとから、五十センチほどはなれたところにぶらさがっているひもを見ると、またくやしそうに歯ぎしりをした。

「おい、探偵小僧、ものは相談というが、ここでひとつ取引をしないか」

「どんな取引ですか」

「おれをこのまま逃がしてくれたら、桑野さつきを殺した犯人を、おまえに引き渡してやる」

「あなたは部下をうらぎろうというのですか。じぶんの命が助かりたいばっかりに……」

まぼろしの怪人はグッとつまったが、

「しかし、探偵小僧、そいつはとても危険なやつなんだぜ。桑野さつきのほかにもうふたり、女を殺そうとたくらんでいるんだ」

「復讐第二号と第三号ですか」

「そうだ、そうだ。その女たちを助けようと思えば、桑野さつきを殺した犯人をいっこくもはやく、つかまえるより方法はない。それにはおれを見のがしてくれれば……」

「それはだれですか。ねらわれているふたりというのは？」

「それはいえない」

「そう、それではぼくもその相談にのるのはよしましょう」

「おい、探偵小僧！」

まぼろしの怪人はおもわず声を出して叫んだが、ジリジリと半円をえがいてもういちど、ふたりの位置をかえた。探偵小僧は、そのときすでに非常ベルの下に立っていた。

進はまぼろしの怪人の胸板にピタリとピストルの銃口をむけたまま、左手で非常ベルのひもの端をにぎりしめた。

「おい、た、探偵小僧！」

と、まぼろしの怪人は絶叫したが、進がようしゃなく、非常ベルのひもをひいたからたまらない。たからかに鳴りわたる非常ベルの音が、ホテルいっぱいにとどろきわたった。

やぶにらみの客

「おのれ！」

と、まぼろしの怪人は歯ぎしりしたが、かれもまたさるものである。非常ベルの下から長方形のじゅうたんが、押し入れのまえまでつづいているのを、いちはやくみてとっていたのである。

非常ベルのひもをひくとき、進はそのじゅうたんの端に立っていた。まぼろしの怪人は、左足をじゅうたんの外の床におき、右足だけをじゅうたんの端においていたが、進が非常ベルのひもをひいたとき、右足でじゅうたんをひっかくように、つよくこちらへけったのである。

まぼろしの怪人の足の力はすばらしかった。だしぬけに足もとのじゅうたんをむこうへ引かれて、進はおもわずよろめいた。そのしゅんかん、さっと身をかがめたまぼろしの怪人が両手でつよくじゅうたんをひっぱったからたまらない。進はあおむけざまにひっくりかえった。

まぼろしの怪人は両手ににぎったじゅうたんの端を、パッと進のからだにかぶせて飛鳥のごとく身をひるがえすと、ドアをひらいて表のへやへ、――さらにそこから廊下へとびだすと、さいわい廊下にはまだ人影はみえなかった。まぼろしの怪人がとなりの八号室へとびこんだしゅんかん、

「七号室だ！　七号室だ！　また二階の七号室でなにかあったのだ！」

わめきながら、階段をあがってきたのは、宿直のボーイや事務員たちだ。それからあちこちのドアがひらいて、宿泊客が不安そうな顔を出したが、それは非常ベルが鳴りだしてから、かなり時が経過していた。

それというのもむりはない。時刻はまさに一時半。いちばん熟睡してるころである。

あおむけざまにひっくりかえった探偵小僧の御子柴進は、顔の上からパッとじゅうたんをかけられたひょうしに、目の中へゴミがはいって、

「ちくしょう、ちくしょう！」

と、じだんだふんでくやしがったが目がひらかないのではしかたない。

やっと目のなかのほこりがとれて、

「おのれ、まぼろしの怪人！」

と、叫びながら表のへやへととびだしたところへ、夜勤のボーイや宿直の事務員がなだれこんできた。

「あっ、き、きさまはだれだ！」

「やあ、こいつはおとといの晩もこのへやへしのびこんでいた小僧ではないか」

「かえすがえすも怪しいやつだ」

「ちがいます。ちがいます。ぼくは新聞社の給仕です。いまここへまぼろしの怪人がしのびこんできたんです。やぶにらみの男に化けていますからさがしてください」

「なに、やぶにらみの男……？」

と、あとからかけてきた二階つきのボーイが、

「それじゃ六号室の客が……」

「えっ？　じゃ、となりの六号室に、やぶにらみの客が、泊まっているんですか」

と、進がせきこんでききかえしているところへ、権藤支配人がかけつけてきた。

「ああ、御子柴くん、またなにかあったのかね」

「ああ、マネジャー、まぼろしの怪人がやぶにらみの男に変装して、またこのへやへしのびこんできたんです。そして、となりのへやにやぶにらみの客が泊まっているというのです」

「ああ、そう、それじゃ川本くん、警視庁の等々力警部に電話したまえ。すぐにこちらへくるようにって」

「はっ！」

と、答えて川本事務員はすぐに階下へ走っていったが、ほかのボーイがふしぎそうに、

「支配人さん、しかし、この小僧は……？」

「なあに、これは新日報社の探偵小僧といって、なかなか勇敢な少年なんだ。ぜひひと晩、だれにもないしょでこのへやへ、泊めてくれというので、泊めてあげたんだ。どうせ警察の命令で、当分だれも泊めることのできないこのへやだからね」

「支配人さん、そんなことよりとなりの六号室を調べてみましょう」

「ああ、そうだ」

一同は七号室を出て、となりの六号室のまえまできたが、ドアはピッタリしまっていて、

「もしもし、お客さん、ちょっと起きてください。もしもし、お客さん」

と、ボーイがノックをして声をかけても、なかからはなんの返事もない。

「ボーイさん、そのやぶにらみの客というのは、いったいどんな人相でした」

ボーイがかようしかじかと答える人相は、たしかにさっきのまぼろしの怪人にちがいない。

「それじゃ、やっぱりそいつです。もっと強くドアをたたいてください」

ボーイがどんどんドアをたたいて叫んでいると、さっきまぼろしの怪人の逃げこんだ八号室のドアがひらいて、顔を出したのはちかごろアメリカから帰ってきたと自称する、骨とう商の早川純蔵氏である。

「いったいどうしたんですか、このさわぎは……？　さっきの非常ベルといい……そうぞうしくて寝られませんが」

「ああ、どうもすみません。ちょっとしたまちがいが起こりまして……もうこれ以上のさわぎは起こしませんから、どうぞごゆっくりとおやすみください」

「たのむよ、ほんとうに。わたしはつかれているのだから」

なかから八号室のドアをとじた早川純蔵氏は、ニヤリと笑って電気を消した。

昔々あるところに

警視庁の等々力警部が、数名の部下をひきつれドヤドヤとかけつけてきたのは、それから三十分ほどのちのことである。

「おお、探偵小僧、おまえこんなところでなにをしているのだ」

「ああ、警部さん、じつは……」

と、進はいちぶしじゅうを説明すると、

「だから、まぼろしの怪人がやぶにらみの客に化けて、この六号室へ泊まりこみ夜のふけるのを待って、七号室へしのびこんできたんです。それをもう少しのところで逃がしてしまって……」

「それで、この六号室を、調べてみたのか」

「そういうわけにはいきません。ちゃんと宿泊料もちょうだいしているので、みだりにお客さんのへやへふみこむわけにはいきませんからね」

と、そばから口を出したのは権藤支配人である。

「よし、それじゃぼくが命令する。いまただちにこのドアをあけたまえ」

「はっ、承知しました」

ホテルでは客にかぎを渡すと同時に合いかぎをフロントで用意している。客がかぎを紛失したら困るからである。

権藤支配人がドアをひらくとなかはまっ暗である。スイッチをひねるとパッと電気がついたが、もちろんへやのなかにはだれもいない。奥の寝室をのぞいてみると、裏庭に面した窓があいている。

た。

「あっ、この窓から逃げた」

進は、窓のそばへかけよって、外をのぞいたが、むろん、だれのすがたもみえなかった。

「おい、探偵小僧、まぼろしの怪人の着ていた総タイツというのはこれではないか」

と、等々力警部が、ベッドの上からつまみあげた、まっ黒な総タイツをみて、

「あっ、これです、これです。ちくしょう。ぼくがまごまごしているあいだに、怪人め、このへやへ逃げこんで、なかからドアにかぎをかけ、いそいで総タイツをぬいで、洋服に着かえ、この窓から雨どいをつたって逃げだしたんです」

なるほど、進のいうことはほんとうらしかった。刑事が調べたところによると、雨どいのといのつぎめに、茶色の服地の切れ端が、ひっかかっていたが、それはあきらかに、やぶにらみの客のきていた洋服とおなじきじらしかった。また、その窓の下から、点々とくつの跡がつづいていたが、そのくつ跡はひとけのない裏塀《うらべい》のところできれている。しかも、だれかがその塀をのりこえたらしいことは、なすりつけたようについている土の跡でもうかがわれるのである。

宿帳にしるされたやぶにらみの客の名前を調べてみると、橋住《はしずみ》小澄《こすむ》となっており、職業は著述業とあったが、そんなことはでたらめにちがいない。権藤支配人の話によると、やぶにらみの橋住小澄がやってきたのは、十時ごろのことだという。かれは六号室へ案内されると、それきりそこにとじこもっていたらしくだれもすがたを見たものはないが、

おそらく深夜の一時ごろまでそこでチャンスをうかがっていたのだろう、ということになった。

こうして探偵小僧の御子柴進は、せっかくまぼろしの怪人をわなにかけながら、わずかのゆだんで取り逃がしたそのくやしさ、残念さ、腹の底がにえかえるようであった。

「なるほど、そうすると、まぼろしの怪人の話では、桑野さつきを殺した犯人はあともうふたり女をねらっているというんだね」

と、そこは新日報社の会議室である。進がまぼろしの怪人を取り逃がしたその翌日の昼過ぎのこと、会議室には社長の池上三作氏と山崎編集局長、それから三津木俊助と探偵小僧の御子柴進がひたいをあつめて密議をこらしているのである。

「はあ、怪人は、たしかにそういいました」

「しかし、ねらわれている女の名まえはいわなかったんだね」

「ええ、三津木さん、いまから考えると、ぼくくやしくてしかたがありません。あのとき、ぼくがもう少しうまくやれば、怪人はその名まえをいったかもしれないんです。ぼくがすこし功をいそぎすぎたもんですから」

「これは容易ならんことだが、しかし、正体不明の復讐鬼《ふくしゅうき》が、もうふたり女をねらっているということが、わかっただけでも役に立つ。探偵小僧、そう気を落とさなくともよい」

と、なぐさめているのは池上社長。

「しかし、探偵小僧、まぼろしの怪人はそうすると、まだ『地中海の星』を手に入れていないらしいんだね」

「そうらしいです。おとといの晩も、だれかが七号室をひっかきまわしていったという話を、支配人の権藤さんからきいたので、さてはと思ってぼく、ゆうべ七号室であみを張っていたんですが……」

進がいまさらのように、唇をかみしめているとき、ドアをノックしてはいってきたのは、進とおなじ給仕である。

「御子柴くん、いま変なじいさんが大至急この手紙を、きみに渡してくれとおいていったぜ」

「ぼくに手紙を？」

と、進が手にとって、差出人の名まえをみると、なんと橋住小澄とあるではないか。橋住小澄とは、ゆうべのやぶにらみの客がつかった名まえである。

進はいそいで封を切って、中身に目を走らせていたが、おわりまで読むと、

「ちくしょう、ちくしょう、まぼろしの怪人め！」

と、おもわず両のこぶしをふりまわした。進がくやしがるのもむりはない。そこにはこんなことが書いてあるのだ。

昔々あるところに、まぼろしの怪人というかしこい人がおりました。まぼろしの怪

人はまずやぶにらみに変装して、夜の十時ごろヤマト・ホテルに出向いていって二階六号室をかりました。

かしこいまぼろしの怪人は六号室へはいると、なかからかぎをかけ、まっ黒な総タイツをベッドの上へ投げだしておき、窓から雨どいをつたって下へおり、塀をのり越えてホテルの外へ出ました。そのときわざと雨どいのつぎ目に、洋服のきじの一部分をひっかけておいたのです。

それから一時間のち、まぼろしの怪人は五十五、六歳の紳士に変装して、ふたたびヤマト・ホテルへやってきました。そしてこんどは二階の八号室をかりうけると、そこでもういちど、やぶにらみの男に変装すると、六号室のベッドの上に投げだしておいたとおなじ総タイツに身をやつし、七号室へしのびこみました。

しかし、そこには探偵小僧というかしこい少年が待ち伏せしていました。まぼろしの怪人はまったくあぶなかったのですが、やっとのことで七号室を逃げだすと、すばやく八号室へ逃げかえって、また五十五、六歳の老紳士に変装しました。

それとはしらぬ探偵小僧は、まぼろしの怪人は六号室の窓から逃げたものだとばかり思いこんで、それ以上ホテルの客を調べようとはしませんでした。おかげでまぼろしの怪人は、朝までぐっすりよく眠ってつぎの朝ゆうゆうとホテルを出ていったのです。

なお、やぶにらみの男の名のっていた名まえのわきに、番号をふっておきますから、番号の順によんでごらんなさい。

④③⑤①②⑥⑦
はしずみこすむ

なんと、おもしろいお話ではありませんか。めでたし、めでたし。

うりふたつ

そこがどこだかわからない。とにかく窓もなにもない四角なへやで、コンクリートの壁がむきだしになっており、なにひとつ装飾もないところをみると、どこかの地下室かもしれない。そういえば外部からなんの音響もきこえてこない。

このへやのひとすみに、アーム・チェアがおいてあり、そのアーム・チェアに、男がひとり腰かけている。その男は両手をいすの腕木において、まっすぐからだをおこし、大きな目をひらいてまっ正面をみつめている。まっかなセーターを着て、ズボンはマンボ・スタイルである。としは三十五、六歳だろうか、ひげむしゃで、鼻があぐらをかいており、おそろしく出っ歯である。おまけにとがった右のほお骨の上に大きなほくろがひとつある。そしてひたいに細い鉢巻《はちまき》をしている。

それにしてもその男は、さっきから身動きひとつしなければ、まばたきさえもしないのである。まるで人形のように、からだをかたくしているが、死んでいるのでないしょうこには、すこし荒い息遣《いきづか》いの音がきこえるのである。

わかった、わかった、この男はある特殊な眠り薬で眠らされているのだ。目を見ひらいたまま眠りこけているのだ。そして、背中に通した棒にひたいをしばりつけられているので、いやでもシャンとすわっていなければならないのだ。ひたいの鉢巻とみえたのは、棒にゆわえつけられたひもである。

さて、その男のそばに散髪屋でつかうようないすがあり、そのいすの上に男がひとりあお向きに寝ている。そして、まるで散髪屋の職人が、客のひげをそるようなかっこうで、寝いすの男の顔をいじっているのは、なんとヤマト・ホテルへやってきた早川純蔵という老紳士、すなわちまぼろしの怪人である。

まぼろしの怪人はなにをしているのか、かたわらのアーム・チェアの男の顔をながめては、寝いすの男の顔をいじっている。そして、ときどき、二、三歩うしろへさがっては、アーム・チェアの男と、寝いすの男の顔を見くらべていたが、一時間ほどするとやっと満足がいったのか、

「おい、仲代《なかしろ》くん、でき上がったぜ」

と、そういいながらまぼろしの怪人が、ギューッと寝いすを起こしてやると、なんとそこに起きなおったのは、かたわらのアーム・チェアで眠っている男と、そっくりおな

じ顔をした男ではないか。

　ひげむしゃで、鼻があぐらをかいているところといい、おそろしく出っ歯であるところといい、とがったほお骨の上に大きなほくろがあるところといい、なにからなにまで気味悪いほど、そっくりおなじ顔である。

「さあ、この鏡を見てごらん」

　まぼろしの怪人に渡された手鏡のなかをみて、仲代とよばれた男は、おもわずウウムと口のなかでうなった。そして、なんどもなんどもアーム・チェアの男の顔と見くらべていたが、

「先生、ありがとうございます。これでぼくはアサヒ映画、多摩川撮影所のライト係、古沼光二というわけですね」

「そうだ、そうだ、そこに寝ている男のセーターとマンボ・ズボンを借用すれば、きみはライト係の古沼光二として、自由にアサヒ映画のスタジオへ出入りをすることができるのだ」

「そして、そして、あのにっくき大スター衣川《きぬがわ》はるみに接近することができるのだ！」

　と、古沼に変装した仲代が目をいからせて、バリバリと歯がみをすれば、

「おっといけない、仲代くん、そんな表情をすれば化けの皮がはげるぜ。古沼光二というのは、仕事の腕はたしかだが、無口なかわりもので、のっそりというあだ名があるくらいだからな」

「承知しました。そんならこんな調子ではどうですか」

寝いすから立ちあがった仲代が、ゴリラのようなかっこうで、ノソリノソリと歩いてみせると、

「その調子、その調子」

と、まぼろしの怪人は両手をうって喝采《かっさい》した。

それにしても、まぼろしの怪人と仲代青年は、いったいなにをたくらんでいるのか。ひょっとすると、いまをときめく人気スター、衣川はるみの身辺に、いまや危険がおよぼうとしているのではあるまいか。

人魚の涙

「まあ、これが有名な『人魚の涙』という名の首かざりなのね。まあ、なんてすてきなんでしょう」

と、おもわず、感嘆の声をはなったのは、いまをときめく大スター、アサヒ映画のトップ女優衣川はるみである。

そこはアサヒ映画、多摩川《たまがわ》スタジオの楽屋である。楽屋といっても、アサヒ映画の人気を、一身にせおって立つほどの衣川はるみのへやだから、そのぜいたくなことは、ちょっとした高級マンションくらいのねうちはある。

そのぜいたくな楽屋のなかの、三面鏡のまえに腰をおろして、いましもはるみがほれぼれと見とれているのは、世にもみごとな真珠の首かざりである。それは粒よりの真珠をつらねたもので、その高貴な光沢といい、なめらかなはだざわりといい、衣川はるみのような女性に、ため息をつかせるには十分の魅力をもっている。

「これ、銀座の天銀堂にございましたのね」

「ああ、そう、もとは有島伯爵家の家宝だったんだが、ちかごろ天銀堂を通じて売りに出てるんだ。しかし、なにしろ一億円というのじゃ、ちょっと買い手がつかないやね」

「まあ、一億円」

と、はるみはホッとため息をついて、

「でも、これだけの首かざりなら一億円といわれても、なるほどそうかと思うわね。それで、これ天銀堂から借りてきてくだすったのね」

「ああ、そう、なにしろ石田監督ときたらこり性だからね。こんどの映画できみが身につける宝石類なども、まがいものじゃぜったいにいやだというんだ。ことにあの舞踏会のシーンは、いちばんたいせつなところだから、ぜんぶほんものの宝石を身につけさせろというもんだから、しかたなしに天銀堂にたのんで、この『人魚の涙』を借りてきたんだ。だからきみも気をつけて、紛失しないようにしてくれなきゃこまるぜ」

「まあ、こわいみたいだわね。でも、本多さん、万一……ほんとに万一のことですけれど、これが紛失したばあいはどうなるんですの」

「いや、そういうばあいにそなえて、一億円の盗難保険はつけてあるが、保険がつけてあるからって、かりそめにも粗末にしてくれちゃこまるぜ。金銭の問題よりも信用の問題だからね。万一、これが紛失でもしてみろ、アサヒ映画の信用ゼロになるからね」

「承知しました。それじゃ、命にかえてもだいじにしますわ。ホッホッホッ、たいへんなことになってきたものね」

と、衣川はるみはいかにもだいじそうに『人魚の涙』にほおずりしながら笑ったが、相手の男は笑わなかった。ただむっつりと唇《くちびる》をむすんで、いかにも心配そうにはるみの手にした真珠の首かざりを見守っている。

この男は本多達雄といって、アサヒ映画社でもいちばんの腕ききといわれるプロデューサーなのだ。プロデューサーというのは、映画の企画をたてて、出演俳優の交渉から、監督の選択、その他いっさいひきうけてやる、一種の総監督みたいなもので、一本の映画をつくりあげて会社にひきわたすまでは、いっさいプロデューサーの責任になっている。

こんど本多プロデューサーがつくろうという映画は、国際スパイをえがいた作品で、この映画の女主人公、すなわち、女スパイに扮《ふん》する衣川はるみは、ふんだんに宝石を身につけて出演することになっている。

ところがこの映画の監督にえらばれた石田治郎というひとは、ふだんからこり性で有名な監督だが、ことにこんどの企画が気にいって、映画のなかにうんとぜいたくなふんいきを出したいというのである。それには女主人公の身につける宝石類なども、まがいものじゃいやだというので、さてこそ本多プロデューサーが銀座の宝飾店、天銀堂に交渉して、時価一億円という真珠の首かざり『人魚の涙』という名まえまでついている有名な宝石を借りてきたのである。

「衣川くん、ほんとにじょうだんじゃないぜ。もし、その首かざりに万一のことでもあってみろ。おれは切腹ものだぜ」

本多プロデューサーは、心配そうに、ハアハアと肩で息をしている。このひとの年齢は五十歳前後で、頭はだいぶん白くなっているが、身長もゆたかに、あごが二重にくびれるほどふとっているが、すこしふとりすぎのところがあって、なにか心配ごとがあると息ぎれがするのである。

「だいじょうぶよ、本多さん、撮影がすむまで、きっとあたしがだいじに保管しておきます」

「なにぶんたのむよ。なお念のためにいっとくがね。衣川くん」

「はあ」

「きみ、まぼろしの怪人って大どろぼうがいるの知ってるだろう」

「はあ、あの、それは……」

まぼろしの怪人ときくと、衣川はるみは、なぜか唇の色までまっさおになった。しかし、本多プロデューサーはそれを深い意味にもとらずに、

「なんでも、その怪人が『人魚の涙』をねらっているという、うわさがあるんだ。だからなおのこと、気をつけてくれなきゃいかんぜ」

「はあ、あの承知しました」

口ではあっさり答えたものの、本多プロデューサーが出ていったあと、衣川はるみはなんとなく、心細そうに真珠の首かざりを見ていたが、そこへはるみ専用の電話がかかってきた。

「はあはあ、こちら衣川はるみでございますけれど……ああ、新日報社の三津木俊助さま……はあはあ、お名まえはうけたまわっております。えっ、それから探偵小僧の御子柴さん……ええ、ええ、こないだ新聞でお名まえを拝見いたしました。ええ？　なんですって？　まぼろしの怪人のことについて、ぜひ聞きたいことがあるとおっしゃるんでございますか。あらまあ、ちょうどさいわい、こちらのほうでもそれについて、ぜひお話し申し上げたいことがございますのよ。はあはあ、それじゃこれから一時間ほどして、こちらへおいでくださいますのね。承知しました。では門衛にそう申しておきますから、ぜひぜひおいでくださいますように。ではのちほど……」

ガチャンと受話器をおいた衣川はるみは、ホッとしたようにひたいの汗をふいていたが、なにを思ったのか、急にハッとしたように、へやをよこぎり、サッとばかりにドアをひらいた。

と、そこに立っているのは、まっかなセーターにマンボ・ズボンをはいた男である。

鼻があぐらをかいて、おそろしく出っ歯のうえに、とがったほお骨の上に大きなほくろがあるのが印象的であった。

「なんだ、古沼の光ちゃんじゃないの、こんなところでなにしてるの？」

「うんにゃ、べつに……」

古沼の光ちゃんとよばれた男は、口のなかでなにやらモグモグいいながら、まるでゴリラのようなかっこうで、ノソリノソリとむこうのほうへ歩いていった。

これはこのスタジオの名物男、ライト係の古沼光二なのだが……？

仲よし三人組

「やあ、はじめまして、ぼく三津木俊助です。こちらが有名な探偵小僧の御子柴進くん……」

「いやだなあ、三津木さん、有名だなんて……ぼく、ちっとも有名なんかじゃありませんよ」

「あら、まあ、でもこないだのヤマト・ホテルのお働き、新聞で拝見いたしましたわ。もう少しのところでまぼろしの怪人をお逃がしになったって、ほんとに残念でございましたわねえ」

三津木俊助から有名と紹介され、衣川はるみからおせじをいわれて、探偵小僧の御子柴進は、すっかりてれきっている。

衣川はるみが本多プロデューサーから『人魚の涙』をあずかってから一時間ほどのちのこと、用心ぶかくドアをしめきったはるみの楽屋で、いまはるみとむかいあっているのは、いうまでもなく新日報社の腕きき記者三津木俊助と、有名なる探偵小僧の御子柴進だ。進がヤマト・ホテルで、まぼろしの怪人をつかまえそこなってから、三日のちのことである。

「それで、さっきのお電話では、まぼろしの怪人のことについて、なにか、お話があるということでございましたけれど……」

「はあ、それについてちょっとおたずねしたいことがあってきたんですが、いま撮影は……？」

「いいえ、撮影はあしたから始まることになっておりますの。打ち合わせもだいたいすみましたし、きょう一日はひまですから、どうぞごゆっくりと……」

と、さすがに人気商売だけあって、衣川はるみはおあいそがいい。

「ああ、そうですか、それでは……じつはおたずね申し上げたいというのはほかでもありません。先日ヤマト・ホテルで殺害された、桑野さつきさんのことですがねえ」

「はあ……」

と、答えた衣川はるみは、三津木俊助や進とむかいあったテーブルの下で、ハンカチを八つざきにせんばかりにもんでいる。

「実は、こちらのほうで調べたところが、あなたはトキワ音楽学校で、桑野さつきさんと同期生でいらっしゃいますね」

「はあ」

「しかも、同期生でいらしたのみならず、とても親友でいらしたと、うかがっているんですが……」

「そうですわね。仲が悪いほうではありませんでしたわねえ」

「ところで、そこまではわれわれも調査ができたのですが、ひょっとするとここにもうひとり、仲よしのひとがいたんじゃないかと、じつはそれについておたずねにあがったんですけれどね」

「三津木先生」

と、衣川はるみはキッと三津木俊助の顔を見て、

「しかし、どうしてそのようなことを調べておいでになるんですの。桑野さつきさんがああいう災難におあいになったのは、『地中海の星』のせいだと思っておりましたけれど、……つまり、まぼろしの怪人が『地中海の星』を盗もうとして、桑野さんを殺害したんだと思っておりましたけれど、そのことと、昔のあたしどもの友情とのあいだに、なにか関係があるんでございましょうか」

衣川はるみの質問は、まことにもっともである。しかし、三津木俊助としても、まぼろしの怪人の部下の者が、宝石とはべつにもうふたり、女を殺そうとしているらしいな

どとはいえなかった。そんなことをいえばただいたずらに、相手をおびえさせるばかりかもしれないのである。

「いや、そのごふしんはごもっともですが、ここでは、ただ、ぼくの質問にだけ答えていただきたいんですが……あなたのほかにもうひとり、桑野さんに親友があったんじゃありませんか。それをお話し願いたいんですが……」

「なんのためにそんなご質問があるのか存じませんけれど、そうおっしゃれば、いま舞台に立って、ミュージカルの女王とうたわれていらっしゃる雪小路《ゆきこうじ》京子《きょうこ》さん、あのかたと桑野さんとあたしの三人が、仲よし三人組と、よくみなさんに、からかわれたものでございますの。しかし、そのことがなにか……？」

はるみはふしぎそうにまゆをひそめたが、それをきくと三津木俊助は、

「なるほど、なるほど」

と、進に目くばせをして、

「それでは、たいへん失礼なことをおたずねするようですが、その三人のかたがだれかにひどくうらまれていらっしゃる……と、そういうふうなおぼえはございませんでしょうか」

それをきくと衣川はるみはサッといすから立ちあがった。見るとその顔は、まっさおになり、唇までワナワナふるえていたが、それでも気位の高い衣川はるみは弱みをみせじと、キッといたけだかに相手を見おろし、

「まあ、なんて失礼なことを。そのような失礼な質問には、お答えすることはできません。あなたがたはあたしを侮辱《ぶじょく》するためにいらしたのですか。さあ、もう帰ってちょうだい！」

と、にわかにプンプンしだしたのは、なにか痛いところへさわられたのにちがいない。ああ、このとき衣川はるみがすなおに俊助のことばをきいて、昔の話をしておいたら、あのような災難にあわずにすんだであろうのに……。

黒衣の女王

石田治郎監督の国際スパイ映画「黒衣の女王」の撮影は、いよいよその翌日から開始された。

しょくんもご存じのとおり、映画というものは、筋をおってじゅんぐりに撮影されるものではない。セットやロケーションのつごうで、あとの場面を先にとったり、いちばんはじめのシーンが、いちばんおしまいに撮影されたりするものである。

石田監督の「黒衣の女王」は、この映画の眼目ともいうべき舞踏会のシーンから、撮影が開始されることになった。

場面は東京随一といわれる大ホテルの宴会場である。ときの外務大臣が某国の使節団を招待して、歓迎舞踏会をひらくのだが、その席に衣川はるみ扮《ふん》するところの女スパイが、もと公爵の姫君に化けて登場し、外国使節団に接近していき、そこになぞの殺人事件が起こるという、この映画のなかでいちばんのヤマ場である。

むろんホテルの宴会場はぜんぶスタジオ内に組まれたセットだが、なにぶんこり性の石田監督のことだから、ほんものそっくりの豪華なセットができあがっており、その場に登場する俳優は、数名の外人俳優をもくわえて、二百人をこえるという、ぜいたくなものである。

「衣川くん、だいじょうぶだろうねえ。『人魚の涙』によもやまちがいはあるまいね」

と、さっきから衣川はるみの楽屋のなかで、しきりに気をもんでいるのは、プロデューサーの本多達雄である。

「だいじょうぶよう、本多さん。そんなにご心配なら、なぜこんなだいじな首かざりをかりていらしたの」

「そりゃ、石田くんの希望だからしかたがなかったんだ。とにかくこの撮影がおわったら、すぐさま天銀堂へかえすことになっているんだから、それまでは、くれぐれも気をつけてくれなくちゃこまるぜ」

「それはもちろん気をつけますけれど、本多さんは、どうしてそんなに神経質になっていらっしゃいますの。いくらまぼろしの怪人だって、こんなにおおぜいひとがいるなかで、めったなことはできないじゃありませんか」

「いや、いや、こんなにおおぜいいることが心配なんだ。なかには気心もしれぬエキストラもおおぜいまじっているからな。そのなかにひょっとするとまぼろしの怪人が変装して……」

「ホッホッホッ、本多さんはまぼろしの怪人恐怖症にかかっていらっしゃるのね。あんまり心配なさるとまた血圧が高くなりますわよ」

口ではあざ笑うようにいったものの衣川はるみも内心では、少なからず不安なおもいでいるのである。

きのういったんの怒りにまかせて、三津木俊助と探偵小僧の御子柴進を、けんもホロロに追っぱらってしまったけれど、こんなことなら、なにもかも正直にうちあけて、保護をもとめればよかったのにと、後悔してもあとの祭である。ああして強がってみせたてまえ、いまさら電話もかけられない。

「とにかくだいじょうぶですけれど、そんなにご心配なら本多さん、撮影ちゅうあたしのそばにつきっきりでいてちょうだい」

「ああ、そりゃあもういうまでもないことだ」

と、ふたりがこんな押し問答をしているところへ、ドアの外からノックして、顔をのぞかせたのは黒めがねの青年である。

「衣川さん、出番ですよ。石田先生がセットのほうでお待ちかねです」

そういう声にふとふりかえった本多プロデューサーは、たちまち疑いぶかそうな目を見張って、

「や、や、おまえはだれだ。ついぞこのスタジオで見たことのない顔だが……」

「ええ、ぼくこんどここの撮影所長、立花さんの紹介で、石田先生の助監督にしていただいた三杉健助《みすぎけんすけ》という者です。どうぞよろしく」

どことなくききおぼえのあるその声に三面鏡にむかって化粧をしていた衣川はるみは、ハッとしたように鏡にうつる男の顔を見なおしたが、そのとたん、

「あら！」

と、おもわず叫びそうになるのを、あわててハンカチで口をおさえた。

はでなジャンパーにベレーをかぶり、黒めがねをかけているその男は、まぎれもなく三津木俊助ではないか。俊助がここにいるからには、進もどこかそのへんにいるにちがいないと、衣川はるみは感謝のおもいでいっぱいになった。

〈三津木さんも探偵小僧の御子柴さんも、あたしの無礼にたいして腹も立てずに、こうして守ってくださるのだわ……〉

そう思うと、衣川はるみも、急に気が強くなったか、にっこり俊助に微笑をむけると、

「ええ、すぐまいりますけれど、三杉さん、それじゃあなた、あたしにつきそっていってちょうだい」

と、そういいながら鏡台のかぎのかかるひきだしからとりだしたのは、大きな革のケースである。そのケースをひらくと、なかからさんぜんとあらわれたのは、いうまでもなく時価一億円もするという真珠の首かざり『人魚の涙』である。

それを首にかけると、はるみはにっこり笑って、

「本多さん、あなたそれほどこの首かざりのことがご心配なら、エキストラになってあたしのそばにつきそっていらっしゃるがいいわ。それじゃ、三杉さん、あたしの手をとって、セットへつれていってちょうだい」

はるみの胸にかがやく首かざりをみて、三津木俊助と本多プロデューサーは、おもいおもいに目を光らせた。

やみのスタジオ

「さあ、それじゃ、本番始めますよ。OK」

臨時助監督三杉健助こと三津木俊助の合図とともに、いよいよ国際スパイ映画「黒衣の女王」の撮影が、豪華なセットのなかで開始された。

カメラはいまそのセットを見おろすような位置にすえられて、カメラのそばには石田監督と三津木俊助が目を光らせている。

石田監督が目を光らせているのは、俳優たちの演技にまちがいはないかと気をくばっているのだが、三津木俊助のは意味がちがっている。どこかにまぼろしの怪人がまぎれこんでいはしないか。また桑野さつきを殺したのみならず、あとふたりの女をねらっているという、正体不明の殺人鬼が、どこからか衣川はるみをねらっているのではないか

と、さてこそ、ぅの目たかの目で、あたりを物色《ぶっしょく》しているのである。

ああ、その正体不明の殺人鬼は、三津木俊助のすぐそばにひかえていたのである。かれはまぼろしの怪人の手によってライト係の古沼光二になりすまし、三津木俊助からわずか三メートルほどのところから、衣川はるみの一挙一動を見守っているのだ。

まだ、映画の撮影というものをよくご存じのない読者のために、ここでいちおう説明しておくと、高いところから下を撮影する場合には、カメラはクレーンの上にすえられる。クレーンというのは、ちょうど起重機みたいなかたちで、自由にのびちぢみができるし、また左右に回転することもできるのである。だから、いま石田監督と三津木俊助は、クレーンの上にいるわけだ。

ところが映画の撮影には、強烈な照明が必要である。だから、たくさんの照明燈がカメラのなかにはいらない場所にすえつけてあるのがふつうである。

いま撮影している舞踏会のシーンではスタジオの天井《てんじょう》近くに棚《たな》をつりめぐらせ、そこに十幾つの強烈なライトがすえつけてあるのだが、その棚の上をサルのようにはいまわりながら、光線のぐあいを調節しているのが、このスタジオの名物男、古沼光二に化けた復讐鬼である。

桑野さつきを殺害したこの正体不明の殺人鬼は、いままた衣川はるみの命をねらって、高いところからららんらんと、怪しい目を光らせている。

そんなこととは夢にも知らぬ衣川はるみは、あの一億円という高価な首かざりを胸にかがやかせ、いましも外国使節に扮装《ふんそう》した外人俳優と手に手をとってダンスをしている。そのはるみの周囲にはいずれも正装をこらした男優と女優が、いかにも楽しげにおどっているが、そのなかでひとり、エキストラをかってでた本多プロデューサーが、いかにも不安そうにはるみのあとを追いまわしているのが、なんとなくこっけいである。

撮影は順調にすすんでいった。

ダンスのシーンがおわると、こんどははるみの女スパイと、外国使節がシュロの葉影で、ひとめをさけて語りあう場面である。このシーンもクレーンの上から、望遠レンズで撮影されるのだ。

「いかん、いかん！」

とつぜん、クレーンの上から、石田監督が、かんしゃくを起こしたようにどなりつけた。

「本多さん、あなたもっとうしろへよっていてください。そんなところに立っていたら、カメラのなかにはいってしまうじゃありませんか。ここはふたりだけのシーンなんですからね」

「いやあ、ごめん、ごめん」

さすがに本多プロデューサーもあやまりながら、はるみのそばから、五、六歩うしろへさがったが、そのときである。つかつかとそばへよってきたのは、ホテルのボーイの扮装をした少年である。

少年は本多プロデューサーのまえに立ちはだかると、まっ正面からプロデューサーの顔をゆびさして、

「ちがう、ちがう、こいつは本多プロデューサーじゃない!」

と、金切り声をはりあげたから、おどろいたのはクレーンの上の監督だ。

「だれだ、きさまは! 撮影のじゃまをすると承知せんぞ」

「いいえ、監督さん、撮影どころのさわぎじゃありません。ほんものの本多プロデューサーは、眠り薬をかがされて、むこうで眠っているんです。ここにいるのはにせ者です。こいつはまぼろしの怪人にちがいありません!」

声たからかに叫んだのは、いうまでもなく探偵小僧の御子柴進。

「ようし、探偵小僧、いまいくぞ!」

クレーンの上から三津木俊助が、叫びながらすべるようにおりていく。

これをきいてスタジオのなかは、ワッとばかりに浮き足だって、上を下への大さわぎになったが、そのときだ。

にせ本多プロデューサーが、ピーッとひと声口笛を吹いたかと思うと、スタジオのライトというライトが、ぜんぶ消えてしまって、あたりは鼻をつままれてもわからぬような暗やみとなってしまった。

「しまった! 怪人の仲間がいるぞ、気をつけろ!」

三津木俊助が叫んだけれど、なにしろ、二百人というエキストラがひしめいているや

みのスタジオ、なにがなにやらわからぬ大騒動のなかに、ひと声高く、
「ヒイッ！」
と、悲鳴がとどろきわたったのは、たしかに衣川はるみのようである。

暗やみの殺人

さすがの三津木俊助も、まぼろしの怪人の部下の復讐鬼が、照明係に変装してはいりこんでいるとは気づかなかった。

照明係に化けていた復讐鬼は、電気にかんする知識をもっていたにちがいない。照明燈のひとつに、不自然に強い電流を通ずることによって、スタジオ内の電源装置に故障を起こさせたのだ。

スタジオ内の電源装置に故障が起こってはたまらない。電気という電気がいっせいに消えてしまって、さすが不夜城をほこっていた豪華セットも、いっしゅんにして地獄のようなまっくらがり。

やみというものはいつでもひとの心理に、不安と恐怖をあたえるものだ。ましてやいままでの明るさが明るさだけに、いっそう明暗がはっきりして、ただそれだけでも一同がワッと不安にわき立っているところへ、

「しまった！　しまった！　気をつけろ！　まぼろしの怪人と怪人の部下がまぎれこん

でいるぞお！」

と、おもわず三津木俊助が叫んだからたまらない。それがかえって逆効果になって、

「キャーッ！　助けてえ！」

「ひとごろしい！」

と、セットのなかはまたしても上を下への大さわぎ。

それがこのスタジオ専属のひとたちだけならまだよかったのだけれど、そこには撮影所の勝手に通じぬエキストラが、百人以上もまじっていて、そのひとたちがむやみにおびえてさわぎ立てたものだから、暗やみのなかの混乱はいよいよおおごとになったのだが、その大騒動のさなかにひと声高く、

「ヒイッ！」

と、悲鳴がとどろきわたるのをきいたとき、三津木俊助はおもわず、暗やみのなかに立ちすくんだ。

いまのはたしかに衣川はるみの声のようだった！

そう思うと三津木俊助は暗やみのなかで思わず足がガクガクふるえた。のどがカラカラにかわいて、全身から汗がふきだした。

「衣川さん！　衣川さん！　衣川さんはどこにいるんです」

大混乱のなかでひときわ高く叫んだが、返事がないのはきこえないのか。それともいまの悲鳴は衣川はるみに、なにかまちがいがあったことを示しているのか……。そうい

えば電気が消えたしゅんかん、本多プロデューサーに変装した、まぼろしの怪人が、はるみの近くに立っていたが……。

「衣川さん！　衣川さん！　探偵小僧はおらんか！」

ふたたび三津木俊助が大声で叫んだとき、暗やみのなかから答えたのは、探偵小僧の御子柴進だが、その叫び声をきいたとき、またしてもダーク・ステージのなかは大混乱におちいった。

「三津木さん、たいへんです！　たいへんです！　血が……血が……」

「なに、血が……？」

「衣川さんが倒れています！　衣川さんが刺されています。血だ！　血だ！」

これでまたもやダーク・ステージは、ワッとハチの巣をつついたようなさわぎになったが、そのときクレーンの上から、怒りにみちた叫び声を張りあげたのは、石田監督である。

「みんななにボヤボヤしているんだ。だれか電源室へいって、はやく電気をつけるようにいってこんか」

「アッ、ちょっと待ってください、監督さん、ここで衣川くんが刺されているというのです。むやみに出ていっちゃ困ります。近藤さん、近藤さん、江口さん」

と、叫びながら、三津木俊助がライターをつけてふりまわすと、

「はい、三津木さん」

と、近藤と江口がそばへよってきた。このふたりがほんものの助監督なのである。

「近藤さん、あなた電源室へいって、大至急故障を修理するようにいってください。それから江口さん」

「はい」

「あなたは、このダーク・ステージからひとりも出さないように、見張っていてください」

「だけど、三津木くん」

と、クレーンの上から声をかけたのは石田監督である。

「ぼくここから見ていたが、もうだれかここからとび出していったやつがあるぜ」

「それはやむをえません。とにかく念には念をいれましょう。近藤さん、江口さん、たのみます」

「承知しました」

すぐさまふたりはダーク・ステージの入り口へ走った。

ダーク・ステージというのは、たいていかまぼこ型の建物になっていて、撮影が開始されると、金属製のとびらがぴったりとしめられることになっている。ここでは天然光線はぜったいに禁物《きんもつ》で、撮影は万事人工光線によっておこなわれるのだ。それだけに撮影がはじまると人の出入りは厳重になっている。

こうしてふたりに命令を下した三津木俊助が、ライターをかざして進のほうへ歩みよ

りながら、

「探偵小僧、まぼろしの怪人はどうした」

「ぼく、電気が消えたときまぼろしの怪人を逃がさぬように、上着のすそをつかんでいたんです。そしたら、そのうちに衣川さんの悲鳴がきこえたので、思わず手をはなしたらそのすきに、まぼろしの怪人がどこかへまぎれこんでしまったんです」

進はいかにもくやしそうだったが、この大混乱のなかではそれもやむをえなかったであろう。

三津木俊助がそばへ近よると、もうそのじぶんにはてんでにライターやマッチをともしたひとびとが、ひとかたまりになって、さも恐ろしそうに床の上を見つめていた。

その床の上にカッと目をみひらいたまま倒れているのは衣川はるみだが、その目はもうガラス玉のように生気をうしなっていた。その衣川はるみの心臓の上に、メスのようにするどい刃物がふかぶかと突っ立っていて、そこから泡《あわ》のような血が噴《ふ》き出している。

首にかけていた時価一億円の首かざりは、むろん影も形もなかったのである。

皮肉なもので、そのときパッと明るくライトがついたが、そのしゅんかん、三津木俊助がなにげなく上のほうをふりあおぐと、天井高くつったライトの棚の上に、サルのようにうずくまって、じいっとこちらを見ているのは古沼光二である。

むろん三津木俊助は、その男が復讐鬼だとはゆめにもしらない。

血だ！　血だ！


「三津木くん、衣川はるみが殺害されたんだって？」

　警視庁から等々力警部を先頭に、おおぜいの係官がかけつけてきたのは、それから一時間ほどのちのことだった。むろんそれまでには、すでにこの土地の警察から、刑事や警官がおおぜいつめかけていて、スタジオの内外は厳重に警戒されているのである。

　事件のあったダーク・ステージはあれ以来、助監督の江口によって閉鎖《へいさ》され、だれひとり外へ出ることは許されず、はるみの死体でさえも、まだそのまま床の上に横たわっている。そしてそれを遠巻きにして、二百人になんなんとするひとびとが、不安そうに呼吸をこらしているのだ。

　警視庁からかけつけてきた医者が、はるみの死体を調べているあいだに、三津木俊助は等々力警部を、ダーク・ステージのすみへつれていき、だいたいの事情を説明したのち、

「警部さん」

　と、あたりをはばかるように声をひそめて、

「ひょっとすると、衣川はるみを殺した犯人は、まだこのステージのなかにいるかもしれないんですよ」

「えっ？」

と、等々力警部はおどろいたように、

「まぼろしの怪人は逃げてしまったと、たったいまいったじゃないか」

「そうです、そうです。ところがちょうどさいわい、このダーク・ステージのとびらの外には、電気が消えるまえから道具方がふたり、たばこを吸いながらひなたぼっこをしていたんです。とするとそこへあたふたと、本多プロデューサーが出てきたそうです。ふたりともそれをほんものの本多プロデューサーだと思ったんですね。このにせ本多プロデューサーは電気が消えたからなんとかせにゃ……とかなんとかいいながら、むこうへいってしまったんです。ところが、それからまもなく江口助監督が出てきて、ぴったり入り口をしめてしまうまで、だれもここから出たものはなかったそうです。だからけっきょく事件が起こってからいままでのあいだに、ここから姿を消したのはまぼろしの怪人だけなんです」

「しかし、そのまぼろしの怪人がやったんじゃ……」

「だけど、まぼろしの怪人というやつはいままで部下に殺人をやらせても、じぶんではめったにやらなかったもんです。それに……そうそう、探偵小僧、おまえここへきて説明してあげたまえ」

「はっ」

と、探偵小僧が警部のまえへすすみ出て、

「ライトが消えたとき、ぼく、まぼろしの怪人のすぐそばに立っていたんです。だから、逃がしちゃたいへんと、いそいでコートのすそをにぎったんです、ところが、そのとき衣川はるみさんは、ぼくたちから四メートルほどはなれたところに立っていたんです。だから、いかにまぼろしの怪人が手がながいといったところで、じぶんで衣川さんを刺し殺すのはぜったいにむりです」

「それで、きみは、いつ手をはなしたんだね」

「はい、ぼく、衣川さん……はっきり衣川さんだったかどうか、そのときはわからなかったんですけれど、衣川さんの立っていたへんで、ヒイッと、とても気味の悪い悲鳴がきこえたので、おもわずハッと手をはなしたんです。そしたら、そのとたんにまぼろしの怪人が、ピシャッとぼくの目をたたいたんです。それでぼく、ちょっと目がくらんで、そこらをまごまごしているうちに、なにかにつまずいたら、それが衣川はるみさんの死体で、暗やみのなかでさぐっていると、血らしいものが手にさわったので、それでびっくりして大声で叫んだんです。そのときはもう、真珠の首かざりはなかったようです」

「すると、そのときだれかまぼろしの怪人の仲間の者が、衣川はるみのすぐそばにいて、電気が消えたのをさいわい、暗やみのなかで刺し殺したというんだね」

「ええ、まあ、そういうことになります」

「それじゃ、そのときはるみのいちばん近くに立っていたのは……？」

「それが外人なんです。外国の大使に扮装していた外人俳優で、名まえは、ジョン・サンフォードというんです。むろんエキストラですがね」

「外人……？」

と、等々力警部はまゆをひそめて、

「そいつはやっかいだな。外人をうっかり罪人扱いにすると国際問題だからな。それからその男のほかには……？」

「助監督の江口くん……それからこの映画の主役の野口浩二君に脇役《わきやく》の本郷一郎氏……。それから少しはなれたところに、まぼろしの怪人とぼくが立っていたんです」

と、進がつけくわえたが、ちょうどそこへこの土地の警察の捜査主任、月岡警部補がやってきて、

「どうも警部さん、困りました」

と、顔をしかめて、

「なにしろ、このとおりおおぜいの人間を、一時間以上もかんづめにしてあるでしょう。ところがきょうの百人あまりのエキストラの大半が学生なんです。そいつらが文句をいいましてね。罪もないわれわれを、一時間以上もかんづめにするとは、人権じゅうりんではないかといきまくんです。いったい、どうしたもんでしょう」

これには等々力警部もよわったが、しかし、学生のいいぶんも、もっともである。そこでいろいろ協議をした結果、電気が消えたとき、はるみから五メートル以内にいた者以外は、身体検査をしたうえいちおうダーク・ステージから外へ出ることを許可すると

いうことになったが、こうしてステージから出ていったもののなかに、にせ古沼光二がいたというのも、まことにやむをえなかった。

「光ちゃん、きみなら身体検査はいらないよ。あんな高いところにいたんだからな」

助監督たちは笑ったが、それでもにせ古沼光二はいちおう身体検査をうけたうえ、じろりと係官をしり目にかけて、のそりのそりとダーク・ステージから出ていった。

飛来の短剣

「ええ、……その男、……天銀堂の店員と名のってきたんです。名まえは早川純蔵といってましたが、そうとうの年輩の男でした」

と、ほんものの本多プロデューサーは、まだ眠り薬がさめやらぬ顔色である。頭が痛むのか顔をしかめて、からだもふらふらしているようだ。そこは本多プロデューサーのへやである。かれはじぶんのへやの書類などがいっぱいつまっている押し入れのなかで、大きないびきをかいて寝ているところを、探偵小僧の御子柴進に発見されたのである。

そして、医者の注射や介抱で、目をさますまでに、三時間以上もかかっていた。

「本多さん、それじゃ天銀堂の店員だといってきた男は、早川純蔵と名のったんですね」

と、進は、おもわず等々力警部や三津木俊助と目をみかわせる。

早川純蔵といえば赤坂山王のヤマト・ホテルで、まぼろしの怪人が名のった名まえではないか。

「ああ、そうだよ、御子柴くん、きみ、早川純蔵という男しってるの？」

「いや、いいです、いいです。それよりあとを話してあげてください」

「ああ、そう、それでその男をこのへやへ通して話をしていたんです。そのとき給仕に命じて紅茶をとりよせ、ふたりでそれをのんだんですが、そのうちにどういうわけか眠くなっちまって」

「それじゃ、紅茶のなかへ眠り薬をまぜたんだな」

と、等々力警部は目を光らせる。

「本多さん、その男があなたの紅茶に、眠り薬をまぜるようなチャンスがありましたか」

と、いう三津木俊助の質問にたいし、

「そういえば、わたしが紅茶をのもうとすると、その男がパイプを床におとしたんです。それがわたしの足元にころがってきたものだから、かがんでひろってあげたんだが……」

「それだ！　そのときすばやく紅茶にさいくをしやがったんだな」

「しかし……それにしても警部さん、その男はわたしを眠らせておいて、いったいなにを……」

と、いいかけて、とつぜんハッと気がついたように本多プロデューサーはいすからとびあがった。

「ああ、ひょっとすると……ああ、ひょっとすると、あの『人魚の涙』に目をつけて…

……」

「お気のどくですがねえ、本多さん、その『人魚の涙』はうばわれましたよ。まぼろしの怪人のために……」

三津木俊助は、できるだけ、相手をおどろかさないように、いったつもりだが、それでもそれをきいたしゅんかん、本多プロデューサーはドシンと大きな音を立てて、いすの上にしりもちをついて、

「な、な、なんですって？　あの『人魚の涙』がぬすまれたって？　衣川はるみはいったいなにをしているんだ。衣川はるみにあんなに念をおしておいたのに」

「ところがねえ、本多さん、お気のどくですが、その衣川くんが殺されたんです」

「な、な、なんだと？」

「いや、だから、衣川くんが殺されて『人魚の涙』がぬすまれたんです」

「そ、そ、そんなばかな！　これだけおおぜいの人間がはたらいているところで……」

本多プロデューサーは信じかねるというふうに、デスクをたたいていきまいた。

「いや、いや、ところがほんとうなんです。それでこうして警部さんが出張してこられたんですが……」

と、そこで三津木俊助が、衣川はるみが殺害された前後の事情を語ってきかせたのち、

「そういうわけで、衣川くんの近くにいた人物が怪しいというので、いまむこうで月岡警部補が、近藤、江口の両助監督や、ジョン・サンフォード、それから野口くんと本郷

一郎氏などを、ひとりひとり調べているところなんです」

「だからねえ、本多くん」

と、等々力警部もそばから口を出して、

「衣川くんを殺した犯人がだれであるにしろ、それはいまにわかると思うんだ。しかし、真珠の首かざりだけは、まぼろしの怪人がもって逃げたらしいんで、このほうはあきらめてもらわなきゃ……もちろん、こっちでも十分手をつくすつもりだがな」

本多プロデューサーがウウムとうめいて、両手で頭をかかえこんだところへ、血相かえて、はいってきたのは月岡警部補。

「け、警部さん、ちょっとみょうなことがあります」

「みょうなことって？」

「古沼くん、こっちへきて話したまえ」

「へえ……」

と、答えてはいってきたのは、これこそ本物の古沼光二だ。

「じつはわたしにもさっぱりわけがわからないんですが……」

と、そうまえおきをして古沼光二が、オドオドしながら語るところによると、一昨日の夜おそく、かれはここからの帰りがけ、多摩川《たまがわ》べりでふたりの暴漢におそわれて、目かくしをされたまま自動車でどこかへつれていかれた。そして、そこで眠り薬かなにかをのまされて、わけがわからなくなったというのである。

「それから、どのくらい眠っていたのかしりませんが、目がさめてみるとさるぐつわをかまされて、たかてこてにしばられて、まっくらなへやにとじこめられていたんです。ところがさっきふたりの男がやってきて、またわたしに目かくしをして、自動車にのっけて多摩川べりまでつれてきて、そこへおっぽり出していったんです。それでやっとのことでここまできてみると、なんと、わたしとそっくりの男がわたしのかわりに、さっきまで、むこうのダーク・ステージではたらいていたというんです。わたしゃまるでキツネにつままれたような気持ちなんですが……」

この意外な話をきいて、三津木俊助がおもわず叫んだ。

「しまった！　しまった！　それじゃ、そいつが復讐鬼《ふくしゅうき》だったんだ！　そういえばきみとそっくりの男が、天井につった棚《たな》の上にいるのを見たよ」

「しかし、三津木くん、復讐鬼があの場にいたとしても、あんな高いところから、衣川はるみを刺し殺すわけにゃいかんじゃないか。しかもライトも消えたくらがりのなかで……」

等々力警部の疑問はしごくもっともだったが、そのしゅんかん、アッと叫んでふたたびいすからとびあがったのは、本多プロデューサーである。

「しまった！　しまった！」

「ど、どうしたんだね、本多さん」

「ああ、しまった！　しまった！　わたしがあまり用心しすぎて……わたし、暗やみのなかでもしものことがあるといけないと思ったものだから、あの真珠の首かざりのうち、いちばん大きな真珠に夜光塗料をぬっておいたんです」

「な、な、なんだと……？　夜光塗料を……？」

「そうです、そうです。万一ライトが消えるようなことがあっても……暗がりのなかでもはっきり見えるようにと思って……しかも、そのことを早川純蔵という男に話したんです」

「あっ、わかった、わかった。それじゃ復讐鬼はその光を目印に、棚の上からあの短剣を投げつけたんだ」

ああ、これで暗やみの殺人のなぞはとけたがそれにしても、これでは本多プロデューサーが、みずからまぼろしの怪人と復讐鬼のために、お膳立《ぜんだ》てをしてやったようなものではないか。過ぎたるは及ばざるがごとしとは、こういうことをいうのであろう。

恐怖の電話

「まあ、それじゃ、桑野さつきさんも衣川はるみさんも、宝石のために殺されたのじゃなくて、復讐鬼のために復讐されたとおっしゃるんでございますの」

そこは丸の内にある東洋劇場の楽屋である。三津木俊助と探偵小僧の訪問をうけて、くわしい話をきいたミュージカルの女王、雪小路京子は唇の色までまっさおだった。

「はあ、その点について、なにかお心当たりがございますか。復讐鬼はもうひとりねらっているらしいんですが……」

「それが、わたしだとおっしゃるんですね」

「いや、そうはっきりしたことはわからないんですが、万一ってことがございますから……」

「でも、でも、あたし、そんなおぼえは……ひとさまから復讐をされるなんて、そんなおぼえは……」

「ないとおっしゃるんですか」

「ああ、あたし、どうしよう、そんな、そんなひどいこと……」

雪小路京子はすっかりおびえきっていながらも、なにかを打ちあけかねているらしい。

「ねえ、雪小路さん」

三津木俊助はそれをなぐさめるように、

「人間にはだれでも過失というものがあるもんです。じぶんではそれほどひどいと思わずやったことで、案外相手のにくしみをかっているばあいだってあります。なんでしたら、わたしどもに打ちあけてくださいませんか。われわれは、けっしてひとにしゃべるようなことはいたしません。ぜったいにあなたの秘密はお守りしますから」

「はあ、でも、あたし……」

と、京子はまるでからだがねじきれるように身もだえしながら、

「そ、そ、そんなおぼえは……」

「ないとおっしゃるんですか」

「は、はい……」

「でも、ねえ、雪小路さん、ここのところをよく考えてください。衣川くんのばあいでも、あのひとがはっきり打ちあけてくれていたら、われわれも警察と連絡をとって、もっと真剣にあのひとを守ってあげることができたんです。ところがそれをあのひとが拒否したものですから、われわれとしても復讐鬼にねらわれているのがあのひとだという、はっきりとした確信をもつことができなかった。確信がないから警察にも連絡ができなかった。その結果、ああいう悲劇が起こったのです。ですからあなたのばあいでも、あなたが打ちあけてくださらないからって、われわれはほっときません。われわれはできるだけあなたをお守りするようにいたします。しかし、こういうことはやっぱり警察の手をかりなくちゃ……」

「いいえ、いいえ、警察なんて、とんでもない！」

三津木俊助は、しばらくじっと恐怖におののく京子の顔を見つめていたが、やがてかるく頭をさげると、

「そうですか、それではやむをえません。探偵小僧、帰ろう」

出ようとすると、ちょうどそこへけたたましく電話のベルが鳴りだした。

雪小路京子はなにげなく受話器をとりあげると、

「はあ、はあ、こちら雪小路京子でございますが……な、な、なんですって。復……讐……鬼……こんどはおまえの番だって……？」

と、京子は受話器を耳にあてたまま、そこまであいての言葉を復誦《ふくしょう》したが、なおふたこと三ことあいてのいうことをきいているうちに、とつぜん受話器を手から落とすと、

「アッ、あぶない！」

と、かけよった三津木俊助の腕のなかへ、くずれるように倒れかかった。

肩掛けの半分

「なるほど、それじゃ、三津木くん」

と、等々力警部は、デスクの上から身をのりだして、

「赤坂山王のヤマト・ホテルで殺された桑野さつきと、アサヒ映画の多摩川撮影所で殺害された衣川はるみ、それから目下、丸の内の東洋劇場に出演している雪小路京子と、この三人は、かつてトキワ音楽学校の同期生だったというんだね」

「そうです、そうです、警部さん。三人は昭和二十七年にいっしょにトキワ音楽学校を卒業しているんです。そして桑野さつきはすぐその年に外遊してむこうで技をみがき、衣川はるみはその美ぼうと美声に目をつけられて映画界へはいり、さいごのひとり雪小路京子はミュージカルに身を投じて、現在のミュージカルの女王としての地位を、きず

いていったんですね」

　そこは警視庁の捜査一課第五調べ室、すなわち、等々力警部担当のへやである。いまそこで警部とむかいあって話しているのは、いうまでもなく、三津木俊助と探偵小僧の御子柴進、ふたりはいま東洋劇場からの帰りを、警視庁へ立ちよったのである。

「なるほど、しかし、その三人が復讐鬼にねらわれるのは……？」

「いや、それはこういう事情なんです。さっきやっと雪小路京子が話してくれたんですがね」

　と、俊助はたばこに火をつけると、

「この三人の同期生に仲代二三代《ふみよ》という女性がいたそうですが、これが抜群の成績だったそうです。声量もゆたかだし、声の質もよく、また技巧にもすぐれていたんですね。それで、先生がたにも愛され、同期生のなかでは、いちばん将来をしょくぼうされていたそうです」

「フム、フム、なるほど」

「ところが、この仲代二三代というのが卒業をまえにして、とつぜんのどがつぶれてしまったんです。それで医者にみてもらったところが、だれかに水銀を飲まされたんじゃないかというんですね」

「なるほど、芸能界ではよくあることだね。水銀を飲ませると声が出なくなるって……」

「そうです、そうです。しかも、もうそののどは不治である。つまり、一生なおらないと医者から宣告をうけたんですね。これは当人としてはひじょうなショックだったんでしょう。それからまもなく自殺したんですが、その遺書のなかに水銀を飲ませた犯人として、さっき申し上げた三人の名前があげてあったそうです」

「あっ、なるほど」

「雪小路京子はそのことについて、じぶんに関するかぎりはぬれぎぬである。じぶんにはそんなおぼえはないといっていましたが、あのおびえようをみると、やっぱり、そんなことがあったんじゃないかと思うんです」

「なるほど、それで復讐鬼というのは……」

「はあ、二三代の兄に仲代不二雄という男がいたそうですが、二三代が自殺した昭和二十七年ごろには、まだシベリアに抑留《よくりゅう》されていたんですが、それが去年あたり内地へ送還されてきたんですね。そいつがさっき京子のところへ電話をかけてきたんです。こんどはおまえの番だって」

「な、な、なんですって!」

と、警部はおどろいていすからとびあがると、

「そ、それじゃ殺人を予告してきたのかね」

「そうです。そうです。それで京子がふるえあがって、いままでひたかくしにかくしていた、秘密を打ちあけてくれたわけですね」

等々力警部はいらいらとへやのなかを歩きまわりながら、

「しかし、三津木くん、その仲代不二雄という男と、まぼろしの怪人とはいったいどういう関係があるんだろうねえ」

「いや、それはおそらくまぼろしの怪人としては、桑野さつきのもっていた『地中海の星』をねらっていたところへ、桑野の生命をねらっている仲代不二雄とあい知った。そこで同気相求むというのか、仲代に復讐をとげさせてやるかわりに、宝石をじぶんのものにしようというわけでしょうが、ただ、わたしにわからないのは、まぼろしの怪人がまだ『地中海の星』を手に入れていないらしいことなんですがねえ」

「ああ、いや、三津木くん、それについてちかごろ妙なことを発見したんだよ」

と、等々力警部がデスクのひきだしから取りだしたのは、桑野さつきの死体がにぎっていた、レースの肩掛けの半分である。いつかもいったとおり、桑野さつきは細長いレースの肩掛けをしていたが、どういうわけかその肩掛けは、まんなかからまっぷたつに切られていて、あとの半分はなくなっていたのである。だからおそらく犯人は、その切れ端で血に染まった手や、兇器の刃物をぬぐっていったのではないかと、いわれていたのだが……。

「ところがねえ、三津木くん、探偵小僧もよく見たまえ。この肩掛けには房がついていて、ほら、どの房にもじゅず玉みたいな結びこぶができているだろう。ところがこの結びこぶのなかに」

と、等々力警部が房のひとつの結びこぶをほぐしていくと、なんとなかから出てきたのは、象牙《ぞうげ》で作った小さなビリケンすなわち西洋の福の神の像である。

「あっ!」

と、三津木俊助と探偵小僧の御子柴進は、それをみると思わず両手をにぎりしめた。

「だから、わたしは思うんだが、犯人が持ち去った肩掛けのあとの半分の房のひとつに、『地中海の星』がかくしてあるのではないかと……」

「そうです、そうです。警部さん! それだからこそ桑野さつきは、あの肩掛けをはだみはなさず、身につけていたんですね」

「しかも、警部さん、肩掛けの半分を持ち去った犯人は、そのなかに宝石がかくしてあることに、まだ気がついていないんですね」

三津木俊助と進は、興奮のあまり絶叫したが、それにしても肩掛けのその半分はいまどこに……?

黒衣の妖精

雪小路京子はここ数日、生きた心地《ここち》もないのである。彼女の身辺は厳重に、私服の刑事によって警戒されている。

しかし、彼女の生命をねらう復讐鬼には、変装の名人といわれるまぼろしの怪人がついているのだ。現に衣川はるみが殺害されたとき、復讐鬼は古沼光二とうり二つの男に変装していたではないか。ひょっとするとまたこんども、顔見知りのだれかに変装して、じぶんに接近してくるのではないか。

そう考えるとせんせんきょうきょう、京子が生きた心地もないほどに、おびえきっているのもむりはない。そうなると刑事でさえが信用できない。いや、いや刑事ばかりではない。等々力警部や三津木俊助さえ、ひょっとするとまぼろしの怪人か、あるいは仲代不二雄の変装ではないかと、京子はいちいちきもをひやすのである。

だから、彼女がちかごろいちばん信用しているのは、探偵小僧の御子柴進である。まぼろしの怪人がいかに変装の名人とはいえ、まさかおとなが子供に化けることはできないだろう。だから、ちかごろ彼女の身辺につききっているのが進で、京子がひとに会うときには、かならず進が、あらかじめ相手を調べることになっている。

「すみません。御子柴さん、あなたにこんなにめいわくをおかけして……」

と、きょうも楽屋で舞台化粧をしながら、京子はしみじみとした口調である。

こんな危険にさらされながらも、京子は舞台を休むことができないのだ。ミュージカルの女王が舞台を休めば、ミュージカルがなりたたないからである。

「いいえ、いいですよ。これもぼくのつとめですから……」

「ほんとうにねえ。でもねえ、御子柴さん、あたしを信じてちょうだい。あたし仲代二三代さんの水銀事件には、ぜったいに関係がなかったんですのよ。それはあたし仲代さんの才能や素質をうらやましくは思っていました。いくらか嫉妬《しっと》していたかもしれません。でも、そのために水銀を飲ませるなんて……あたしには絶対におぼえのないことですの」

「そうすると、先に殺されたふたりがやったことだというんですか」

「さあ、それはあたしにもわかりません。ひょっとするとあの事件は、自殺した仲代二三代さんの幻想じゃないかと思うんです」

「幻想というと……？」

「いいえ、仲代さんは素質と才能にめぐまれていました。それだけに自信も大きかったのです。そういうひとがとつじょとして素質と才能をうばわれてしまった……。となるとその悲嘆と絶望が、人一倍深刻だったということはおわかりでしょう。そこで運命の神様をのろうのあまり、ありもしない幻想をいだいて、それを競争者であったあたしたちのせいのように、思いこんだんじゃないでしょうか」

「そうすると、悲嘆と絶望のあまり、いくらか気が変になっていたというんですか」

「そうです、そうです。あたしにはそうとしか思えません。桑野さんだって衣川さんだって、そんな卑劣なひととは思えませんから」

「そうすると、これは誤解による復讐ということになりますね」

「そのとおりなんです。だからあたし仲代不二雄さんというひとに会って、とっくりと当時の事情を話しあってみたいのですけれど、いまとなっては無理ですわねえ」

その仲代不二雄はいまや殺人犯人として、きびしく警察から追われる身となっているのだ。

「御子柴さん」

と、京子がなおも話しつづけようとして口をひらいたとき、京子の女弟子《おんなでし》がドアをノックしてはいってきた。

「先生、出番ですけれど……」

「ああ、そう、それじゃ御子柴さん、ちょっと行ってきます」

「雪小路さん、あれの用意はいいですね」

「ええ、だいじょうぶ、ちゃんとここに……」

と、京子は胸をたたいてにっこり笑ったが、キョトンと立っている女弟子に気がつくと、進に目くばせをして、

「それじゃ……」

と、楽屋から出て行った。京子の楽屋から舞台まで、女の子以外はぜったいに近寄れないようになっている。

東洋劇場は今夜も満員の盛況だ。いつだれの口からもれたのか、桑野さつきや衣川はるみを殺した犯人が、こんどは雪小路京子を殺すのではないかといううわさがもれたからたまらない。

人間の好奇心は残酷である。ことあれかしのやじうま根性で、今夜こそなにごとかが起こるのではないかとばかりに、毎晩毎晩おおぜいの客が押し寄せてくるのである。

京子はこんどのだしもの「森の中の湖」では七つの役をやるのだが、いまひらいたばかりの第三幕目では、黒衣の妖精《ようせい》として活躍する。

幕があくとそこは森のなかの湖のほとりで、森の小鬼とかわいい妖精たちがたわむれている。と、とつじょ、夕立のまえぶれか、舞台いちめんまっ暗となり、そこへ黒衣の妖精の雪小路京子が、総タイツ姿でさっそうと、舞台の上手《かみて》からおどりだしてきた。

総タイツというのは全身にぴったり食いいるような衣装のことで、曲芸師などが着ているあれである。しかも、この総タイツには夜光塗料がぬりこんであるとみえて、まっ暗がりの中で京子のからだだけが、キラキラと怪しい光を放って浮き上がっている。

ああ、危い、危い！

これでは、まるで犯人に、襲撃のまとを与えるようなものではないか。

復讐鬼の最期

雪小路京子殺害を予想し、その身辺を警戒している警察のひとびとがいちばん困ったのは、復讐鬼仲代不二雄という男の人相がわからないことである。

たとえ人相がわかっていても、まぼろしの怪人のたくみな変装術にかかっては、なんにもならないかもしれないけれど、それでもわからないよりましである。ことに楽屋の方へはぜったいに、怪しい人間が近づけないようになっているだけに、見物席を厳重に警戒しなければならない。それには犯人の人相がわかっているとよいのだが。

だが、そんなことをいっている場合ではないから、ここ数日、東洋劇場の見物席には、毎日のように私服の刑事が張りこんでいるのである。そのなかに三津木俊助や等々力警部がまじっていることはいうまでもない。

さて、いまや舞台では黒暗々たるやみのなかに、雪小路京子の黒衣の妖精が、全身から鬼火のような炎をはなって、ただひとりで踊りくるっている。しかもその京子はコマのようにくるくる旋回《せんかい》しながら、しだいにエプロン・ステージへ出てくるのだ。エプロン・ステージというのは、舞台から観客席のほうへ張り出している、花道のような廊下舞台である。

むろん電燈が消えているのは、舞台ばかりではない。見物席もまっ暗で、この暗やみのなかで何百何千という観客が、なにごとかが起こるのを予想して、手に汗にぎって息をこらしているのである。

とうとう京子はエプロン・ステージのまん中までやってきた。そこで彼女は立ちどまると、体をゆすりながらひとくさりの歌をうたうのである。京子は顔にも夜光化粧をしているとみえて、お能の面のようなその顔が、怪しい光を放って、うるしのやみにうきあがっている。

満場水をうったようなしずけさのなかに、京子の歌の一節がおわった。そして、第二節目へうつろうとして、彼女が体で調子をとっているとき、とつぜん、暗やみのなかか

らとんできたのは短剣だ。ねらいたがわず京子の胸へあたったと思うしゅんかん、

「キャーッ」

と、叫んであおむけざまに、京子がうしろのオーケストラ・ボックスのなかへ、落ちていったからたまらない。

ワッと観客は総立ちになり、

「人殺しだ！　人殺しだ！」

「とうとう京子が殺されたぞ！」

「電気をつけろ！　電気をつけろ！」

口ぐちにわめき、叫び、おめきながらわれがちに劇場から逃げだそうとするものと、反対に京子のようすをみようとして、舞台のほうへ突進するものとで、見物席は大混乱。

「あれえ、助けてえ。つぶれてしまう」

「電気をつけんか。はやく電気をつけんと犯人が逃げてしまうぞ！」

まるでイモを洗うような混雑のなかから、女の悲鳴に男の怒号。――そのうちにやっとあかりがついたので、一同はまたしてもワッと歓声をあげたが、そのときである。見物席からヒラリとひとり、エプロン・ステージへとびあがったものがある。

「待てえ！　神妙にしろ！」

と、その男のあとを追って、エプロン・ステージの下へかけよったのは、おそらく私服刑事のひとりだろう。

「こいつだ！　こいつだ！　こいつが雪小路京子をねらったのだ！　こいつが復讐鬼の仲代不二雄にちがいない！」

私服の叫びにあちこちから、私服刑事がとびだしてくる。

いまエプロン・ステージに立っている男は、オーバーのえりを深く立て、鳥打ち帽子をまぶかにかぶり、大きな黒めがねをかけているが、その形相《ぎょうそう》のものすごさ。ステッキのようなものを大上段にふりかぶって、寄らば切るぞというかまえである。その左右からエプロン・ステージづたいに、刑事がジリジリとせまってくる。

と、このときだ。

仲代不二雄の鼻の下へ立ったのは警視庁の等々力警部。キッと上をあおぎながら、

「仲代不二雄」

と、一段と声を張りあげて、

「きみの仕事はおわったのだ。きみは三人の女性にみごと復讐した。見ろ、うしろのオーケストラ・ボックスのなかを……」

警部のことばに復讐鬼仲代不二雄が、ふとふりかえってオーケストラ・ボックスのなかを見おろすと、いつのまにやってきたのか、三津木俊助と探偵小僧の御子柴進にかかえられ、雪小路京子はぐったりとあおむけにのびている。しかも左の胸につっ立った飛来の短剣をにぎりしめた京子の手の下からは、まっかな血が噴き出しているのである。

それをみると、とつぜん復讐鬼仲代不二雄は両手を高くさしあげて絶叫した。

「おお、妹よ、二三代よ。これでおまえのカタキは完全にうってやったぞ。三人ともこのおれの手で殺してやったぞ」

そう叫んだかと思うと、つぎのしゅんかん、すばやく右手でなにやら口のなかへほうりこんだ。

「あっ、しまった！　しまった！　なにやら口へはこんだぞ。はき出させろ！　はき出させろ！」

等々力警部が舞台の下から、やっきとなって叫んだが、そのときはもう遅かった。エプロン・ステージの上からまっさかさまに、復讐鬼仲代不二雄の体が大手をひろげた刑事の腕のなかへ落ちこんできたのである。

浮き足立った見物たちも、これをみるとホッと安どの吐息をもらしたが、つぎのしゅんかん、ふたたびギョッと息をのみこんだ。

なんと死んだと思った雪小路京子が、三津木俊助と探偵小僧の御子柴進に、左右からかかえられるようにして、エプロン・ステージにすがたをあらわしたではないか。

怪人捕縛

それは復讐鬼仲代不二雄が、しゅびよく復讐をとげたものと思いあやまり、みずから毒をあおって死んでから、三日目の夜ふけのことである。

　赤坂の山王神社の境内《けいだい》へ、ソッとしのびこんできたひとつの影がある。うす暗いのでよくわからないが、すがたかたちからみると、中年か初老の男のようだ。男はそれとなくあたりのようすをうかがいながら、しだいに拝殿のほうへ近づいていく。

　と、とつぜんどこかでけたたましく犬がほえはじめた。男はギョッとしたように鳥居のかげに身をかくす。その鳥居のすぐ近くに、常夜燈が立っているのでその光のなかに男のすがたがうきあがったが、なんとそれはヤマト・ホテルへ早川純蔵と名乗って宿泊した人物、すなわちまぼろしの怪人ではないか。

　犬のほえる声はすぐやんだので、怪人はホッと安心したように、ポケットからその日の夕刊を取りだすと、常夜燈のそばへよって読みはじめた。

　そこにはこんな記事が出ているのである。

地中海の星よいずこに
まぼろしの怪人もまだ知らず

　過日ヤマト・ホテルで殺害された桑野さつきが、『地中海の星』という稀代《きたい》の宝石を所持していたことは有名だが、その宝石は桑野さつきが殺害されたと同時に紛失してしまった。捜査当局ははじめのうちその宝石は、この事件をあやつっているまぼろしの怪人の手中におちたものと思っていたが、どうもそうではないらしい。ところが最近わかったところでは、桑野さつきの肩掛けの房のなかに、その宝石がかくされていたらしいのである。しかるにその宝石のかくされている肩掛けの端を、桑野さつきの殺人犯人、仲代不二雄がそれとはしらずに持ち去った形跡があるのだ。したがって当局では仲代不二雄を逮捕《たいほ》すれば、その口から肩掛けのゆくえもわかるだろうと楽観していたところ、仲代があゝいう最期をとげたので、『地中海の星』のゆくえはまたわからなくなってしまった。ああ、名玉、『地中海の星』は、いまどこに……。

まぼろしの怪人はその記事を、もういちど常夜燈の光で読みなおすと、そのまま新聞をポケットにつっこみ、あたりを見まわしてにっこりわらった。

まぼろしの怪人も仲代不二雄から、その肩掛けをどう処分したかきいていないのである。しかし、仲代不二雄がどう処分したにしろ、あの肩掛けのことは当時新聞にも出したのだから、だれかが見つけていたら警察へとどけて出たはずである。

それがいまだにゆくえ不明となっているのは、だれにも気づかれないところにその肩掛けの半分は、いまでもかくされていることになる。いったい、仲代不二雄はその肩掛けをどこへかくしたのか……。

それには、当時の仲代不二雄の気持ちになってみることである。

仲代不二雄はあの晩、この山王神社のすぐ下にあるヤマト・ホテルから、桑野さつきを殺して逃げだしたのだ。そのときには手の血をぬぐうために、まだ肩掛けの半分をもっていたにちがいない。

そういう殺人犯人のつねとして、にぎやかなほうへ逃げていく気づかいはない。さびしいほう、さびしいほうへと逃げていって、そのあいだに気持ちを落ちつかせようとしたであろう。それにはこの山王神社こそ、最適の場所ではないか。

まぼろしの怪人は常夜燈のそばをはなれて、ソッとあたりを見まわしていたがやがて目をつけたのは拝殿のまえにあるサイセン箱だ。

まぼろしの怪人はいつかなにかで読んだことがある。サイセン箱というものは月に一回ひらかれるのだと。……もし、そうだとすると桑野さつき殺しから、まだ一か月とはたっていないのだから、ひょっとすると肩掛けの半分はまだサイセン箱のなかにあるのではないか。

まぼろしの怪人はサイセン箱のそばへよると、ソッとあたりを見まわしたのちポケットから取りだしたのは、そうとう太い針金のまいたやつである。それをのばしてサイセン箱の深さにあわせると、その先をつり針のように曲げた。

それから、それをサイセン箱のなかにつっこむと、あちこち底をさぐっていたが、やがて、

「あった！」

という、低い叫び声が唇からもれ、満面によろこびの色が走った。

相手がレースの肩掛けだけに、つりあげるのはそうむずかしいことではない。やがて

サイセン箱のさんのあいだから、レースの肩掛けが顔を出したが、そのとたん、

「まぼろしの怪人、ご苦労、ご苦労！」

と、耳もとで声がしたかと思うと、はやガチャンと音がして、針金をもった怪人の両手に、がんじょうな手錠《てじょう》がはまっていた。

「アッ！」

と、ふりかえった怪人の鼻先に立っているのは、なんと等々力警部に三津木俊助、二、三名の刑事のほかに、探偵小僧の御子柴進もにここ笑っているではないか。

それをみたとたんまぼろしの怪人は、こんどこそ完全に敗けたと思ったのだろう。まるで骨を抜かれでもしたように、ヘタヘタとその場にへたばってしまったのである。

こうして、さすがのまぼろしの怪人もまんまと等々力警部や三津木俊助のもうけておいたわなにおちてしまったのだ。警察にしろ刑務所にしろ、こんどこそ怪人を逃がすようなことはないだろう。

それにしても仲代不二雄の復讐が誤解によるものであったか、それとも二三代はほんとうに水銀を飲まされたのか、いまとなってはしるよしもないが、なににしてもさいごのひとり、雪小路京子が助かったのはめでたかった。

彼女は総タイツの下にうすい鋼《はがね》の防弾チョッキを着ていたのだが、これまた仲代不二雄をひきだすためのわなだったことはいうまでもない。

解説

山村正夫

最近の推理作家の中には、ジュニア物に意欲を燃やす書き手がすこぶる少なくなった。一つには、需要がなくなったせいがあるかもしれない。かつてのように少年少女雑誌が氾濫《はんらん》した時代は終り、その種のものは学習誌を除いては、わずか数誌を残すのみになってしまったからである。それというのも、テレビの普及が年少の読者の娯楽を視覚的なものに変え、週刊誌の漫画や劇画に、人気が集中する結果を生んだためにほかならないだろう。

私の子供の時分は、エンタテインメントといえば活字の世界しかなかった。したがって『少年クラブ』や『譚海《たんかい》』に載った連載小説を貪《むさぼ》るように読んだものだった。ミステリーの開眼も、その頃の読書に影響されたといっていい。これは私だけに限らず、例《たと》えば江戸川乱歩の「怪人二十面相」や「少年探偵団」、海野十三の「火星兵団」などによって探偵《たんてい》小説やSFの魅力に取り憑《つ》かれ、成長して本格的なマニアになった者が、ほかにも大勢いたのではないだろうか。

作家の側も読者の要望に応えて、ジュニア物に筆を染めない者はなかった。その現象は戦前よりも戦後の方が著しかった。発表舞台が一時に増えたからである。私が憶えているだけでも、戦前から名の通った『少年クラブ』や『少女クラブ』をはじめ、『少年』『少女』『譚海』『少年世界』などがあり、小学館、旺文社、学研系統の学習誌を加えると、優に三十誌は超えただろう。そのどれもが、ミステリーの連載小説を柱にしていたのだった。

それだけに、作家はジュヴナイルの分野でも、大いに情熱を燃やしたといっていい。

その証拠に、戦後の新作に期待を寄せられていた乱歩でさえ、大人物《おとなもの》は容易に筆を執らなかったにも拘《かかわ》らず、ジュニア物の執筆は逸速《いちはや》く開始しているのである。戦前からの〝少年探偵団〟シリーズを再開し、昭和二十四年の「青銅の魔人」を皮切りに、三十五年までの間に十八の長編を発表しているほどだ。他の作家も同様で、戦前派では横溝正史、海野十三、大下宇陀児、角田喜久雄、戦後派では高木彬光、島田一男、香山滋、山田風太郎、楠田匡介の諸氏が健筆をふるっている。

だが、戦前派の諸作家の中で、江戸川乱歩につぎもっとも旺盛な執筆ぶりを示したのが、横溝正史先生だったのである。横溝先生のこの分野での活躍は早かった。弱冠十九歳で『新青年』の懸賞に応募し、処女作の「恐ろしき四月馬鹿《エイプリル・フール》」が当選されたのは大正十年だが、翌大正十一年には『中学世界』に「化学教室の怪火」を発表しておられるのだから、乱歩の「怪人二十面相」より十五年も先んじておられるのだ。それ以後ジュニア物を書きつづけられ、戦前では『少年世界』『少女世界』『少年クラブ』『譚海』などが舞台になっている。

昭和四年に平凡社から刊行された少年冒険全集第十二巻には、「渦巻く濃霧」と「怪人魔人」「変幻幽霊盗賊」の三編が収められたほか、長編だけでも「南海囚人島」（昭和6年）、「深夜の魔術師」（昭和13年）、「南海の太陽児」（昭和15年）があるのだ。

戦時中の空白期を経て、戦後、探偵小説の復興期を迎えると、横溝先生はただちに執筆活動に入られたが、ジュニア物の方でも昭和二十三年に「怪獣男爵」を偕成社の書き下ろし長編として刊行された。以来、数多くの作品を発表されており、その数は昭和三十年代はじめに至る約十年間に長編だけでも十二にのぼる。これは戦前の倍以上の作品量といっていい。一方では大人物の長短編を量産されているのだから、そのエネルギッシュな執筆活動には、目を見張らざるを得ない。ただ、昭和三十年代以降、そうした作品が途絶えるのは、前述したようにテレビや漫画週刊誌がヤング世代の寵児《ちょうじ》となり、少年少女雑誌の廃刊が相ついで出版界に変動を生じたせいだろう。

さて、本書は横溝先生が中学生の読者を対象にして書かれたサスペンス・ミステリーである。

まぼろしの怪人は、怪獣男爵や夜光怪人、蠟面博士のような、化物じみた無気味な存在ではない。その代り稀代《きだい》の変装の名人で、神出鬼没の怪賊なのだ。彼が狙《ねら》うのは常に高価な宝石類ばかり。しかも予告をした犯行は必ず成功させるというルパンばりの大胆不敵な手口の持主である。

このまぼろしの怪人を向うに回して、彼の悪事を未然に防ぐべく敏腕ぶりを発揮するのが、新日報社の名記者三津木俊助《みつぎしゅんすけ》と〝探偵小僧〟こと御子柴進《みこしばすすむ》少年のコンビで、それを助けるのが等々力《とどろき》警部だ。それに、新日報社社長池上三作《いけがみさんさく》氏の娘由紀子《ゆきこ》、名犬ジュピターも大活躍する。

それにしても、まぼろしの怪人の変幻自在な変装ぶりには舌を巻くほかはない。池上社長や等々力警部、ニッポン・ホテルの支配人、南村社長などに次々に変身するのだから、目まぐるしいばかりである。一人二役のトリックならぬ五役六役もするわけで、登場する男のうち誰がまぼろしの怪人かわからないところに、サスペンスの工夫が凝らされているといっていい。その最高の見せ場が、ヤマト・ホテルの二階七号室からの脱出場面だろう。怪人は、御子柴少年のため絶体絶命のピンチに追いつめられながら、巧妙な変装術を二重三重に駆使して逃れてしまうのである。

だが、そうした追いつ追われつのシーソー・ゲームだけが、本書の興味のすべてではない。著者は単調な筋運びで読者を飽きさせないために、天銀堂の細工職人殺しの事件のほかに、二件の連続殺人をからませ、まぼろしの怪人とは別な復讐鬼《ふくしゅうき》のエピソードを、サブ・テーマに配して物語を錯綜《さくそう》させている。世界的なソプラノ歌手桑野《くわの》さつきと、アサヒ映画のトップ女優衣川《きぬがわ》はるみが殺され、ミュージカルの女王雪小路京子《ゆきこうじきょうこ》の命が脅かされるのだ。

あくまで宝石目あてのまぼろしの怪人は、桑野さつきの持つダイヤモンド「地中海の星」と、衣川はるみが映画のアクセサリーに使う、時価一億の真珠の首飾り「人魚の涙」欲しさに、復讐鬼と組んで得意の変装術をほどこすのだが、三人のスターが次々に狙われる設定が、後半のスリリングなヤマ場になっているのである。

横溝先生のジュニア物は、「怪獣男爵」「夜光怪人」「蠟面博士」など、おどろおどろした無気味なムードにゾクゾクさせられる怪奇仕立てのものが多いが、その意味では本書は、がらりと趣《おもむき》の変った異色のサスペンス物といえるだろう。中学生雑誌に発表された作品なので、ことさら化物のような怪人を登場させず、オーソドックスな謎《なぞ》解きに重点をおかれたのかもしれない。

本書は、昭和五十四年六月に小社より刊行した文庫を改版したものです。なお本文中には、支那、やぶにらみなど、今日の人権擁護の見地に照らして使うべきではない語句や不適切と思われる表現があります。しかしながら、作品全体として差別を助長する意図はなく、執筆当時の時代背景や社会世相、また著者が故人であることを考慮の上、原文のままとしました。

（編集部）

まぼろしの怪人《かいじん》

横溝正史《よこみぞせいし》

昭和54年 6月20日 初版発行
令和4年 12月25日 改版初版発行

発行者●山下直久

発行●株式会社KADOKAWA
〒102-8177 東京都千代田区富士見2-13-3
電話 0570-002-301(ナビダイヤル)

角川文庫 23461

印刷所●株式会社暁印刷
製本所●本間製本株式会社

表紙画●和田三造

●お問い合わせ
https://www.kadokawa.co.jp/(「お問い合わせ」へお進みください)
※内容によっては、お答えできない場合があります。
※サポートは日本国内のみとさせていただきます。
※Japanese text only

ISBN 978-4-04-112918-0 C0193

◇◇◇

角川文庫発刊に際して

角川源義

第二次世界大戦の敗北は、軍事力の敗北であった以上に、私たちの若い文化力の敗退であった。私たちの文化が戦争に対して如何に無力であり、単なるあだ花に過ぎなかったかを、私たちは身を以て体験し痛感した。西洋近代文化の摂取にとって、明治以後八十年の歳月は決して短かすぎたとは言えない。にもかかわらず、近代文化の伝統を確立し、自由な批判と柔軟な良識に富む文化層として自らを形成することに私たちは失敗して来た。そしてこれは、各層への文化の普及滲透を任務とする出版人の責任でもあった。

一九四五年以来、私たちは再び振出しに戻り、第一歩から踏み出すことを余儀なくされた。これは大きな不幸ではあるが、反面、これまでの混沌・未熟・歪曲の中にあった我が国の文化に秩序と確たる基礎を齎らすためには絶好の機会でもある。角川書店は、このような祖国の文化的危機にあたり、微力をも顧みず再建の礎石たるべき抱負と決意とをもって出発したが、ここに創立以来の念願を果すべく角川文庫を発刊する。これまで刊行されたあらゆる全集叢書文庫類の長所と短所とを検討し、古今東西の不朽の典籍を、良心的編集のもとに、廉価に、そして書架にふさわしい美本として、多くのひとびとに提供しようとする。しかし私たちは徒らに百科全書的な知識のジレッタントを作ることを目的とせず、あくまで祖国の文化に秩序と再建への道を示し、この文庫を角川書店の栄ある事業として、今後永久に継続発展せしめ、学芸と教養との殿堂として大成せんことを期したい。多くの読書子の愛情ある忠言と支持とによって、この希望と抱負とを完遂せしめられんことを願う。

一九四九年五月三日

角川文庫ベストセラー

金田一耕助ファイル1
八つ墓村
横溝正史

鳥取と岡山の県境の村、かつて戦国の頃、三千両を携えた八人の武士がこの村に落ちのびた。欲に目が眩んだ村人たちは八人を惨殺。以来この村は八つ墓村と呼ばれ、怪異があいついだ……。

金田一耕助ファイル2
本陣殺人事件
横溝正史

一柳家の当主賢蔵の婚礼を終えた深夜、人々は悲鳴と琴の音を聞いた。新床に血まみれの新郎新婦。枕元には、家宝の名琴〝おしどり〟が……。密室トリックに挑み、第一回探偵作家クラブ賞を受賞した名作。

金田一耕助ファイル3
獄門島
横溝正史

瀬戸内海に浮かぶ獄門島。南北朝の時代、海賊が基地としていたこの島に、悪夢のような連続殺人事件が起こった。金田一耕助に託された遺言が及ぼす波紋とは？　芭蕉の俳句が殺人を暗示する⁉

金田一耕助ファイル4
悪魔が来りて笛を吹く
横溝正史

毒殺事件の容疑者椿元子爵が失踪して以来、椿家に次々と惨劇が起こる。自殺他殺を交え七人の命が奪われた。悪魔の吹く嫋々たるフルートの音色を背景に、妖異な雰囲気とサスペンス！

金田一耕助ファイル5
犬神家の一族
横溝正史

信州財界一の巨頭、犬神財閥の創始者犬神佐兵衛は、血で血を洗う葛藤を予期したかのような条件を課した遺言状を残して他界した。血の系譜をめぐるスリルとサスペンスにみちた長編推理。

角川文庫ベストセラー

人面瘡
金田一耕助ファイル6
横溝正史

「わたしは、妹を二度殺しました」。金田一耕助が夜半遭遇した夢遊病の女性が、奇怪な遺書を残して自殺を企てた。妹の呪いによって、彼女の腋の下には人面瘡が現れたというのだが……表題他、四編収録。

夜歩く
金田一耕助ファイル7
横溝正史

古神家の令嬢八千代に舞い込んだ「我、近く汝のもとに赴きて結婚せん」という奇妙な手紙と佝僂の写真は陰惨な殺人事件の発端であった。卓抜なトリックで推理小説の限界に挑んだ力作。

迷路荘の惨劇
金田一耕助ファイル8
横溝正史

複雑怪奇な設計のために迷路荘と呼ばれる豪邸を建てた明治の元勲古館伯爵の孫が何者かに殺された。事件解明に乗り出した金田一耕助。二十年前に起きた因縁の血の惨劇とは？

女王蜂
金田一耕助ファイル9
横溝正史

絶世の美女、源頼朝の後裔と称する大道寺智子が伊豆沖の小島……月琴島から、東京の父のもとにひきとられた十八歳の誕生日以来、男達が次々と殺される！開かずの間の秘密とは……？

幽霊男
金田一耕助ファイル10
横溝正史

湯を真っ赤に染めて死んでいる全裸の女。ブームに乗って大いに繁盛する、いかがわしいヌードクラブの三人の女が次々に惨殺された。それも金田一耕助や等々力警部の眼前で——！

角川文庫ベストセラー

夜の黒豹　横溝正史

金田一耕助は、思わずぞっとした。ベッドに横たわる女の死体。その乳房の間には不気味な青蜥蜴が描かれていた。そして、事件の鍵を握るホテルのベル・ボーイが重傷をおい、意識不明になってしまう……。

魔女の暦　横溝正史

浅草のレビュー小屋舞台中央で起きた残虐な殺人事件。魔女役が次々と殺される——。不敵な予告をする犯人「魔女の暦」の狙いは？　怪奇な雰囲気に本格推理の醍醐味を盛り込む。

双生児は囁く　横溝正史

「人魚の涙」と呼ばれる真珠の首飾りが、檻の中に入れられデパートで展示されていた。ところがその番をしていた男が殺されてしまう。横溝正史が遺した文庫未収録作品を集めた短編集。

悪魔の降誕祭　横溝正史

金田一耕助の探偵事務所で起きた殺人事件。被害者はその日電話をしてきた依頼人だった。しかも日めくりのカレンダーが何者かにむしられ、12月25日にされていて——。本格ミステリの最高傑作！

殺人鬼　横溝正史

ある夫婦を付けねらっていた奇妙な男がいた。彼の挙動が気になった私は、その夫婦の家を見張った。だが、数日後、その夫婦の夫が何者かに殺されてしまった！　表題作ほか三編を収録した傑作短篇集！

角川文庫ベストセラー

喘ぎ泣く死美人
横溝正史

当時の交友関係をベースにした物語「素敵なステッキの話」。外国を舞台とした怪奇小説の「夜読むべからず」や「喘ぎ泣く死美人」など、ファン待望の文庫未収録作品を一挙掲載！

髑髏検校
横溝正史

江戸時代。豊漁ににぎわう房州白浜で、一頭の鯨の腹からフラスコに入った長い書状が出てきた。これこそ、後に江戸中を恐怖のどん底に陥れた、あの怪事件の前触れであった……横溝初期のあやかし時代小説！

人形佐七捕物帳傑作選
横溝正史
編／縄田一男

神田お玉が池に住む岡っ引きの人形佐七が江戸でおきたあらゆる事件を解き明かす！　時代小説評論家・縄田一男が全作品から厳選。冴えた謎解き、泣ける人情話……初めての読者にも読みやすい7編を集める。

真珠郎
横溝正史

鬼気せまるような美少年「真珠郎」の持つ鋭い刃物がひらめいた！　浅間山麓に謎が霧のように渦巻く。無気味な迫力で描く、怪奇ミステリの金字塔。他1編収録。

蔵の中・鬼火
横溝正史

澱んだようなほこりっぽい空気、窓から差し込む乏しい光、箪笥や長持ちの仄暗い陰。蔵の中でふと私は、古い遠眼鏡で窓から外の世界をのぞいてみた。それが恐ろしい事件に私を引き込むきっかけになろうとは……。

角川文庫ベストセラー

雪割草　横溝正史

出生の秘密のせいで嫁ぐ日の直前に破談になった有爲子は、長野県諏訪から単身上京する。戦時下に探偵小説を書く機会を失った横溝正史が新聞連載を続けた作品がよみがえる。著者唯一の大河家族小説！

不死蝶　横溝正史

23年前、謎の言葉を残し、姿を消した一人の女。殺人事件の容疑者だった彼女は、今、因縁の地に戻ってきた。迷路のように入り組んだ鍾乳洞で続発する殺人事件の謎を追って、金田一耕助の名推理が冴える！

蝶々殺人事件　横溝正史

スキャンダルをまき散らし、プリマドンナとして君臨していたさくらが「蝶々夫人」大阪公演を前に突然、姿を消した。死体は薔薇と砂と共にコントラバス・ケースから発見され――。由利麟太郎シリーズの第一弾！

憑かれた女　横溝正史

自称探偵小説家に伴われ、エマ子は不気味な洋館の中へ入った。暖炉の中には、黒煙をあげてくすぶり続ける一本の腕が……！　名探偵由利先生と敏腕事件記者三津木俊助が、鮮やかな推理を展開する表題作他二篇。

血蝙蝠　横溝正史

肝試しに荒れ果てた屋敷に向かった女性は、かつて人殺しがあった部屋で生乾きの血で描いた蝙蝠の絵を発見する。その後も女性の周囲に現れる蝙蝠のサイン――。名探偵・由利麟太郎が謎を追う、傑作短編集。

角川文庫ベストセラー